花《はな》の妖《よう》精《せい》、恋《こい》と祝《しゅく》歌《か》の鐘《かね》が鳴《な》る

深《み》月《つき》ハルカ

ILLUSTRATION：サマミヤアカザ

花の妖精、恋と祝歌の鐘が鳴る

LYNX ROMANCE

CONTENTS

花の妖精、恋と祝歌の鐘が鳴る

その庭園はピンクや白の可憐《かれん》な薔薇《ばら》が咲き乱れ、緑の葉はみずみずしく陽射《ひざ》しを照り返していた。

ルキアは、青空に向かって咲く八重《やえ》の花びらを見上げる。

人間が手入れをしている花園には、甘い紅茶のような香りが満ちている。働き者の蜜蜂《みつばち》たちは、もうせっせと薔薇の間を飛び回っていた。

――わあ、いい気持ち……。

朝露と澄んだ空気が心地よい。ルキアが深呼吸すると、薔薇の花々も伸びをするように花弁を大きく広げた。

ルキアは薔薇の精だ。薔薇の妖精は薔薇の花に宿り、その一部でもある。だから、花園の薔薇が心地よいと、ルキアも健《すこ》やかな気持ちになる。

足元では、土の下に隠れた根も、気持ちよく呼吸する。水を吸い上げ、丈夫な茎を通って葉まで水と栄養を送り出す。大事な茎は虫や獣《けもの》に食べられてしまわないように、鋭く硬い棘《とげ》で身を護《まも》っている。

見上げた先では若緑色の愕《がく》に支えられた、ふっくらとしたピンク色の花弁が重たそうな丸いフォルムを作り出していた。ルキアにはとてもその高さまで手が届かない。

茎を両手で持ち、足を踏ん張ってゆさゆさと振ると、朝露の滴《しずく》が葉の先からすべり落ち、ルキアは小さな口を開けてそれをもらう。

「ん、おいしい……」

ちょっとお行儀が悪いのはわかっている。でも、喉をうるおすたっぷりの滴は冷たくておいしい。

手の甲でぐしっと口元を拭い、ルキアは茎と棘だらけの薔薇の茂みのほうを向いた。

「よし……っ……」

一息吸って、可愛《かわい》らしい茶色のブーツを履いた足で踏み出す。

これから、見回りに行くのだ。

花園の花々を守り、美しく咲かせるのが、薔薇の精の仕事だ。見回りには薔薇の茎の間を分け入っていくが、人間たちが丁寧に枯葉を取り除き、雑草を抜いてくれているから、とても歩きやすい。

茎の上は枝葉が広がっていて、陽射しはほとんど遮られてしまう。ひんやりとする土の匂いを嗅《か》ぎながら、ルキアは辺りの様子に気を配って進んだ。

襟《えり》足辺りまでのきらきらしたプラチナブロンド、同系色の少し碧《あお》みがかった瞳。ふっくらとした頬《ほお》は薔薇色で、白い肌を引き立たせる。姉たちに比べると幼い顔だと言われるが、白銀の髪は薔薇王たる父譲りだ。

――いつか、父上みたいに威厳のある姿になれるのかなあ。

白薔薇の系統で、現在王としてこの薔薇城に君臨している父は、このうえない美丈夫だ。

流れるような白銀の髪。冴え冴えとした銀の瞳。身にまとう白いローブは、ひるがえるたびに芳醇《ほうじゅん》な香りを生み、父が何か言うだけで、その場に凛《りん》とした気配が漂う。

まさに百花の王と呼ぶにふさわしい姿で、ルキアはつい自分の姿と見比べてしまう。

「……」

ルキアは、父たちの膝《ひざ》にも届かないほど背が小さいし、瞳は大きすぎて女の子のようだと言われてしまう。小さめの唇もほんのりピンク色で、肩も首も華奢《きゃしゃ》だった。それに、恰好《かっこう》がまだ成人のそれではない。

一応、身分は王子なので白いレース飾りのついたブラウスに、白地に金刺繍《ししゅう》のジャケットを着ているけれど、同色のズボンは膝丈で、白い長ソックスにくるぶし丈の茶色のブーツといういでたちは、姉たちに比べて、だいぶ半人前感がある。

——で、でも、成長すれば、大人の恰好をさせてもらえるんだから……。

姉たちは、羨《うらや》ましいことにもう大人の装いなのだ。だからルキアは一生懸命巡回にいそしんでいる。なんとか、姉たちのようになりたい。そのために自主的に実地訓練をしている。

——でも……。

「うわっ……」

ガササ、と右前方で音がして、ルキアは薔薇の幹にしがみつくようにして隠れた。怖くて心臓が飛び出しそうだ。

「……ねずみ……かあ」

遠くから小ぶりの野ねずみが走ってくる。向こうもルキアの気配に気付いたようで、チュ、と小さく鳴くと、進路を変えて走り去っていった。ルキアはしばらくそれを見つめて、そっと息を吐く。何もされないとわかっていても、やっぱり怖い。

——鳥も蜂も、みんな親切なのに。

彼らは、花の妖精たちが視《み》える。本当に目で視えているのかはわからないけれど、少なくとも彼らはこちらの気配が花の精だとわかっているから、特に悪さはされない。ただ、ルキアのほうが怖がっているだけなのだ。

この気の小ささのせいなのだろうか、ルキアは〝人間〟を視たことがない。

人間は特別だ。人間は他の動物と違って、とても気配が鈍い。だから半人前のルキアでは人間に気付けない。もっとも、この結界に守られた庭では、人間のほうも妖精は視えない。

薔薇の園は美しく手入れをされている。だから、人間は本当に存在するのだ。自分たちとよく似ていると言われると、野ねずみよりは怖くないのではないかと思う。

父王は、いつか視えるようになると言ってくれた。

――ぼくも、ねずみとか鳥は視えるようになったのだから……。

もっと薔薇の精としての力が強くなったら、父のようになれたら、自分の知らないもう一つの世界をこの目で視られるに違いない。

巡回は、薔薇の畝《うね》を抜けて庭園の半分ほどまで来ていた。地面は丁寧にレンガが敷かれていて、その向こう側にまた違う薔薇の咲きだまりがある。ルキアはきょろきょろと周囲を見回してから、よいしょ、とレンガの通路に下りた。

背後には薔薇城がそびえている。

淡いピンク色をまとった城は、いくつもの尖塔《せんとう》がそびえ、紫色に輝く屋根と黄金色の窓飾りがとてもきれいだ。ルキアや姉、薔薇王が住まう城である。

――ここには人間のお城もあるって、姉上は教えてくれたけど……。

薔薇城は薔薇の園の前にある。けれど人間たちにこの城は視えない。同じように、人間たちの城も、ルキアには視えない。

陽射しのもとに出ると影法師がくっついてくるように、自分たちの世界と人間たちの世界は重なり合った一つの空間なのだ。

ルキアは、今でもそれが信じられない。こんな大きな城がもう一つあるというのに、視えないだなんて……。

この庭は、薔薇城を守るために結界に包まれている。重なり合っているのに視えないのはそのためだ。そして、結界はルキアの姿を隠してくれる分、ルキアから人間の世界も視えにくくなっている。

――姉上たちみたいに、力が強かったら、視えるのに……。

父や姉たちは、この庭にいても人間を視ることができる。どうしても人間を視たいなら、結界の外に出るという手段もあるだろうが、そんなことをしたらルキアの姿も丸見えになってしまう。最低でも自分の身を自分で守れるくらいにならなければ、出られない。

――そもそも、そのくらい力がついたら、庭にいても人間を視ることができるだろうし……。

「……結局、もっと成長しなきゃダメってことだよね」

一周回って同じ結論にたどり着き、ルキアは少しでも鍛錬《たんれん》をせねばと意識を集中した。すると、スッと鋭い刺激が身体《からだ》を走り抜け、驚いて蹲《うずくま》ってしまう。

「ひゃああ！」

――な、何か来る…っ！

地面の下から、とんでもなく怖い気配が迫ってきて、足に力が入らない。

「わ……わ……、わ」

みっともなく膝で這《は》いつくばるようにして薔薇の茂みに逃げ込み、さらに圧してくるその気配に震えあがって城へと駆け戻った。

——た、助けて。

怖い、こわい……とにかく怖くてやみくもに走る。

「はあ、はあ……はあ……っ」

全速力で茎と棘の間を駆け抜け、一目散に城へと駆け込んだ。

「ルキア様？」

城門を守るトゲ兵や、用があって来ているらしい他の花の妖精たちが、びっくりした目で見ているけれど、ルキアは怖くて止まれない。

高い天井の回廊を走り抜け、白大理石《しろだいりせき》の床で転びかけながら、玉座の間にたどり着く。

「ルキア、何事です」

「あ……」

上の姉、アプローズが玉座の左側から咎《とが》める。アプローズは赤い薔薇の系統で、みごとな長い黒髪をして、深紅のドレスを身にまとっている。ルキアは、玉座に向かって伸びる緋色《ひいろ》の絨毯《じゅうたん》に、へなへなと座り込んでしまった。

二番目の姉、ヴィクトリアが玉座の反対側から迎えに来てくれる。ヴィクトリアも父譲りの銀髪だが、もっと白薔薇らしい真珠のような白さを誇っていた。ドレスも同じ白だ。

「どうしました、ルキア」

屈《かが》んで手を差し伸べてくれるが、この姉も女傑《じょけつ》らしく凛としていて、ルキアはどうしても尻込みしてしまう。

「あ……あの……」

「またそのように小さくなって……何を恐れたのですか」

「……」

ヴィクトリアは両手で掬《すく》い取るようにルキアを持ち上げ、玉座に戻る。白銀の玉座には父がゆったりと座っていて、うっとりするような美声を響かせる。

「どうした、ルキア」

姉が、そっと父の膝にルキアを置いてくれた。父の声は、威厳はあるけれど威圧的なものではない。

ルキアは一生懸命説明を試みる。

「あの……あの……こ、怖いものが、東のほうから来て」

「それは地上のことか？　地面より下のことか？」

「……ね、根のほうです」

父は考え深い顔をする。

「それは、どのような気配だったのだ？」

「……」

怖い、という以外、ルキアには何も答えられなかった。何故《なぜ》なら、怖いと思った瞬間に逃げ出して

しまったからだ。

正体もわからず、ただ報《しら》せるだけでは巡回の意味はない。ルキアは俯《うつむ》いてしまったが、長姉《ちょうし》のアプローズは頓着《とんちゃく》せず、控えていた兵に命じた。

「迎撃部隊を東へ向かわせなさい。敵だと判明したら、その場で攻撃を」

「は、かしこまりました！」

アプローズは普段、軍を率いている。薔薇が害虫に葉を食べられてしまったり、病気を持ち込むような輩《やから》が見つかったりしたら、叩《たた》きに行く役目だ。ヴィクトリアは防御のほうがメインで、常に堅牢《けんろう》な壁軍やトゲ兵たちを訓練している。

「父上、私も念のため見てまいります。ルキア、東のどの辺りですか？」

「あ、あの……だいたい東だったとしか」

ルキアは首を振る。方角しかわからないなんて、この役に立たない報告は、きっと失望させただろう。けれど姉は特に表情を変えなかった。父王は頷《うなず》いて姉の出陣を認める。

「任せた」

「この時期だと、アブラムシかもしれません。マリーゴールド卿《きょう》、貴方も付いて来てください」

「は……」

姉が側近の花のほうを向く。マリーゴールドは、虫除《よ》けの強い武器を持っているので、しばしば薔薇の防御のために砦《とりで》として植え合わせされる。もし敵襲がアブラムシだったら、迎撃したあとマリーゴールド卿にそこで種を撒《ま》いて、砦を築いてもらうつもりなのだ。

華やかな黄色い髭《ひげ》を蓄《たくわ》えたマリーゴールド卿は、恭《うやうや》しく姉のあとを付いて行く。ルキアが何もできずに見送っていると、父が宥《なだ》めるように頭を撫《な》でてくれた。

「そう縮こまることはない」

「ちちうえ……」

妖精は、鳥や獣のような肉体を持っているわけではない。その姿がどう見えるかは、〝精気がどのくらい強いか〟によるのだ。言い換えれば気持ちがサイズに影響する。

心が縮こまると、それに合わせて身体も小さくなる。妖精はそもそも薔薇の花と同じくらいの大きさだと言われているのだが、父や姉たちは妖精としての力が強いので、人間と同じ大きさをしている。

ルキアは、今の自分のサイズに泣きたくなった。

いつもよりも、さらに半分くらい小さい。

もう充分一人前になる年だというのに、まだ父の膝に乗せられてしまう程度だなんて。

「敏感に気配を察知するのはそなたの特性だ。何も恥じることはない」

見上げると、父王はルキアを見ていた。責めるようなことは微塵《みじん》もせず、静かに諭《さと》してくれる。

「姉弟でそれぞれ役割がある。アプローズは攻撃を、ヴィクトリアは防御を、そしてルキア、そなたは伝達を司《つかさど》っている。お前が異変を見つけ、それをいち早く伝えるのは、しごく正しいことなのだ」

「……はい」

「ただ、もう少し踏み留まれれば、襲ってくる相手を判別することもできるだろう。そうすれば、敵の正体を伝えることができる」

ただ怖がるだけでなく、それが何かを見極める。そうでなければ、ただののろしにしかならない。

「はい……」

ルキアは頷いて父王の膝から下りた。しかし、父譲りの気丈な美貌《びぼう》を持つ次姉《じし》の言葉は、もう少し厳しかった。

「それぞれの特性は当然あります。しかし、どれか一つしかできないというわけではないのですよ。あなたにも、ちゃんと攻撃や防御の能力はあるのです」

「はい」

美しく、勇ましく、まさに薔薇の護り手と呼ぶにふさわしい姉を前にすると、ルキアは萎縮してしまう。そして正論なだけに、口答えなどできない。

「近年、人間たちはこの庭をないがしろにしています。そのせいで私たちの世界は少し脆弱《ぜいじゃく》になっている。敵に付け入る隙《すき》を与えてしまっている以上、私たちが気を引き締めて薔薇たちを守らなければならないのです。あなたも薔薇王の息子なら、もう少ししっかりなさい」

「……はい」

ルキアは、ますます小さくなった。


――また、できなかった。

結局、父もヴィクトリアも、ルキアの情報だけではどのくらい危険なのか判断できないからと、東へと向かってしまった。

どんなに父がフォローしてくれても、自分の通報が役に立たなかったのは明白だ。敵の正体もわからず、方向しかわからないから、三人が総出することになったのだ。

――ぼくは、いつもそうだ。

気配がしただけで怖くなって城に逃げ帰ってしまう。

自分の不出来さに、悔しいとか残念とかいうより申し訳ない気持ちでいっぱいになる。

どうして自分は姉たちのようにできないのだろう。姉に叱責《しっせき》されるたびに落ち込む。

次こそは、次こそは必ず……そう思うのに、実際にはできない。決意だけで、成長のない自分が嫌だ。

――でも……。

ルキアは項垂《うなだ》れていた顔を上げる。

できない自分は情けない。父や姉たちが偉大すぎて、遠すぎてとても手が届かないのではないかと思ってしまう。けれど、自分も薔薇の王子である以上、投げ出すわけにはいかないのだ。

ルキアはがらんとした城をあとに、巡回へと戻った。東は父や姉たちがいるから大丈夫だろう。手薄になりそうな西へと歩きながら、決意を噛《か》み締める。

「今は、〝できない〟じゃだめなんだ」

姉の言うことは本当だと思う。ルキアから見ると、庭はきれいに手入れされているように思えるのだが、確かにこのところ何度も怖い気配を感じている。

それは、この庭の薔薇たちが脅《おびや》かされているということに他ならない。姉たちはその原因を、〝人間が庭をないがしろにして、手入れが不十分になったせいだ〟と考えている。

庭を脅かすものが、葉を喰《く》う虫たちなのか、根を傷《いた》める菌なのか、それ以外の何かなのかは、わかっていない。

植物は、常に外敵と戦っている。

――鳥とか虫もそうなんだろうけど……。

けれど、自ら〝動かない〟という選択をした植物の戦い方は特別なのだ。敵が来ても、獣たちのように走って逃げるという戦法が取れないのだから。

動けないから、防御や戦いに長《た》けている。それを極めているのが姉たちだった。

毒を使ったり、自分で手に負えないと判断したら、盟約を交わしている昆虫たちを呼び寄せる信号を出して救援を頼んだりする。彼らは植物が居なくなると食べ物に困るので、盟約通り助けに来てくれる。

――でもそれは人間も同じなんだけどなあ。

人間は植物にとって最大のパートナーだ。彼らはかいがいしく土を整え、水や栄養を絶やさず、外敵となる虫や病気から花々を守り、時には種まで大事に保存して、もっともよい時期に土に戻してくれる。至れり尽くせりなのだ。

もちろん、その分花々も人々にお返しをしている。美しく咲く姿で彼らを魅了し、実や葉を食べるのを許す。

中でも、薔薇城のあるこの〝薔薇の園〟は盟約の証《あかし》だった。

はるか昔、薔薇王は人間の王と約定《やくじょう》を結んだ。

この国は薔薇を大切に守る。代わりに、薔薇王はこの地に城を構え、他のどの大地よりも美しく芳醇な香りをもたらす薔薇を咲かせるというものだ。

人間は約束を守り、薔薇城は美しく咲き誇る薔薇の園に囲まれた。薔薇王もまた、言葉通り大輪の薔薇を咲かせた。人間たちは国中に咲く薔薇の花びらを摘み、精製して香油を作ったり、染め物をしたりしているのだそうだ。

薔薇の香りは人間たちに好まれ、人々は薔薇と共存して国を栄えさせているという。

——なのに、どうして……？

この国の人々にとって欠かせない花なはずなのに、世話をおろそかにするとはどういうことなのだろう。

「あ……アーチまで来ちゃった」

考え事をしながら歩いているうちに、ルキアは庭の端のほうまで来てしまった。

〝薔薇の園〟は、幾何学模様にデザインされた庭だ。小道を配し、樹々や四阿《あずまや》が薔薇に似合うように添えられ、ゆったりと回遊して歩けるようになっている。

どこからでも庭には入れるが、正門に当たるのが、薔薇で作られた長いアーチだった。

蔦性《つたせい》の薔薇が枝垂《しだ》れるように咲くトンネルが続き、その先に門がある。そこまでが薔薇城の敷地で、結界はその内側までなのだ。

この路《みち》の向こうへ行ってはいけない。それは父に幼い頃《ころ》から戒《いまし》められていた。

結界の守りがない外の世界では姿が晒《さら》されてしまうからだけではない、一度結界の外に出てしまったら、薔薇城を守る強い膜に弾《はじ》かれて、戻れなくなってしまうのだ。

——ぼくはまだ、強い精気ではないから。

結界の強い膜を超えて行き来できるほどの力がつくまでは、決してその境界線を越えてはいけない。そう言われてきた。もちろん、ルキアも外の世界に興味はあるが、自分の能力を考えたら、恐ろしくてとてもできない。

——いつか、ね。姉上たちくらい、強くなったら……。

アーチは白、クリーム色、淡いピンクからオレンジへのグラデーションを描く薔薇が、空にかかる虹のように、幾重にも曲線を描いていた。黄色、深紅など、種類も大きさも違ういくつもの種類がバランスよく咲き乱れている。ルキアは今を盛りと香りを放つ薔薇を見上げて、しばし見惚《みほ》れていた。

「プギッ」

小さく鼻を鳴らす音に振り向くと、ピンク色の豚の鼻が薔薇の茂みから覗《のぞ》いている。

——ぶ、豚————ッ！

垂れた耳もピンク色の子豚だった。黒いつぶらな瞳が、ルキアを見ている。

「ひゃ……ひゃあ、ぁ」

——駄目だ。逃げちゃ駄目!!!

今すぐそこらの茂みに逃げ込んで隠れたい。けれどルキアは、膝をガクガクさせながら、必死に両手を組んだ。

――て、敵の、正体……を……。

「プギ？」

子豚はガサガサと薔薇の茂みから出てくる。豚は土を掘り返してしまうから、花園にいては駄目な獣だ。

――し、報せないと……。

「方向は西……、敵はピンクの子豚……それで、それで……」

子豚は興味深そうに小首をかしげてルキアのほうへ近寄ってくる。

「来、来ないで……」

「プギー」

ピンクの鼻がピクピクと顔の真ん前でうごめく。ルキアは恐怖の限界で仰《の》け反《ぞ》るようにしてへたり込んだ。子豚はレンガに倒れたルキアを嗅ぎ回る。

「やだー、やめて、やめてったら」

ルキアは涙目でジタバタと転がる。けれど、怖がりながらふいに子豚の感情が〝読める〟ようになった。

――〝あそぼ〟って言ってる？

怖くて顔をひきつらせたまま振り向くと、子豚の丸まった尻尾《しっぽ》は、もう取れてしまいそうなくらいぷりぷり振られている。ルキアは涙目のまま目を瞠《みは》った。

『ちっちゃいの、可愛いね』

「え……？」

『どこの子？　あそぼう！』

「え、え……」

腰が抜けたまま後ずさりするけれど、子豚のワクワクした気配はどんどん前のめりになっていって、鼻でルキアを引っ掛け、ぽんと放り上げてしまった。

「わ、わああっ！」

「プギー！」

子豚は楽し気にルキアを背中で受け止めると、猛然と走り出す。ルキアは子豚の耳を必死で掴《つか》みながらその背中でバウンドする。

「まって、待って!!」

『おともだち！　おともだち！』

「お友達に、な、なってもいいから、待って、待って、まず下ろして！」

「プギー♡」

子豚は〝友達になってもいい〟という承諾だけを嗅ぎ取ったらしい。大喜びでアーチの下を駆け、止まらない。ルキアは振り落とされないようにしがみつきながら、子豚が一直線にアーチの向こうへと向かっているのに気付いた。

「だ、駄目だよ。まって、あっちに行っちゃダメなんだ！　止まって！」

花のアーチをどんどん抜けていく。けれど、この手を離したら、地面に叩きつけられてしまう。自分はまだ、風を読んで飛ぶこともできないのだ。

――だ、駄目だ。結界が……。

父の、静かで凛とした声が脳裏《のうり》に甦《よみがえ》る。

〝この世界は二重写しになっている。その接点となる通り道が、『薔薇の門』だ〟

「止まって！　止まって！」

〝あの門には、一人前になるまで近づいてはならぬ〟

「プギー！」

〝よいな。この約束は守るのだぞ〟

「駄目ーッ！」

ルキアの必死の叫びに、子豚はようやく止まった。けれどその時、子豚は薔薇のアーチを駆け抜け、門の外にいた。

「……外……」

レンガとアーチでできた〝門〟の前で、ルキアは茫然《ぼうぜん》と佇《たたず》んだ。周囲では子豚が〝待て〟に待ちきれなくて尻尾をぷりぷり振って走り回っている。

――門の外に、出てしまった……。

けれど何も変わったことはない。門の内側では濃いピンク色の薔薇が風にそよいでいる。庭は少しも変わったようには見えなくて、ルキアはもしかすると、「まだギリギリ結界の内側」なのではないかと思った。

――セーフ……だったのかな。

足元は薔薇のトンネルの続きのように、レンガ敷だ。ルキアはおそるおそる門の内側に戻ってみる。

――何も変わってない。

ほーっと細く安堵《あんど》の息をつく。つぶらな瞳で見つめてくる子豚に、小声で苦言を呈した。

「びっくりさせないでよ」

「プギ」

この子豚は怖くない。純粋に仲良くなろうとしてくれたのだとわかるし、それに怖さを堪《こら》えて踏み留まったおかげで、鳥や蜂以外で初めて感情が読めるようになった相手だ。

――そうだ。ぼく、ちょっと成長できたのかもしれない。

父王の言った通りだ。踏み留まることができたから、子豚と気持ちを通わせることができた。ルキアはその成果を父や姉に報告したくて城に戻ろうと駆け出しかけ、足が釘《くぎ》付けになった。

「城が……」

――薔薇城じゃない……。

そこにそびえているのは、薔薇城そっくりだけれど、石造りの白い城だ。あの甘くきらめくようなピンク色の輝きはどこにもない。

紫色のきれいな屋根は、鮮やかな水色に変わっていた。

「見え方が、違うだけか、も……」

そう呟《つぶや》いてみるけれど、胃の辺りが震えてくる。

——違う……お城なんだ。

否定する材料を探そうと、無意識に辺りを見回す。

花々は変わらない。薔薇の園はいつも通りだ。けれど、何度目をこすっても薔薇城はなく、きれいだけれど薔薇城ではない城がそこにある。

「……」

そんな……という言葉は、声にもならなかった。想像できる答えが怖くて、ルキアは何度も門を行き来し、城を見上げて、変わってしまった景色が元に戻らないかと望みを繋《つな》ぐ。

——そんな……。

頭の中がドクドクいっている。虫や菌の襲来の時より、じわじわとした怖さが身体を縛る。

〝戻れない〟という言葉に、頭から呑《の》み込まれそうだ。必死で否定したくて、ルキアはやみくもに走り回って、何も変わらない景色に絶望した。

——そんな…………。

「あっ……」

小さな窪《くぼ》みに躓《つまず》いて、転んで膝を擦《す》りむく。

——帰れない………帰れないいんだ。

結界というのは、もっと物理的なバリアのようなものだと思っていた。けれど違うのだ。まるで異次元に足を踏み入れてしまったかのように、同じ場所なのに全く別な世界になってしまった。

「世界は……二重写し……」

ここは妖精の結界の外。薔薇の園であって薔薇の園ではない。ショックで回らない頭でどうにかそこだけはわかった。

ただ、そこから先はどうしていいかわからない。

薔薇城に戻れない自分は、どうしたらいいのだろう。

——どこか……どこかに戻る路が……。

何かをしたら元の世界に戻れるのではないか。策も方針もないまま、ルキアは馬鹿みたいに城の周りをぐるぐる回った。子豚はしばらく周囲をうろうろしていたけれど、かまわないでいたらどこかに行ってしまった。

何かの拍子に、元の世界に繋がらないかと希望に縋《すが》る。そして、無意識に東の方角へと向かう。父や姉たちなら、異世界にいる自分の姿を見つけられないだろうか。

——父上や姉上たちは、人間が視えるのだから。

薔薇の咲き乱れる庭を越えた東側は、いつの間にか違う風景になっている。ブルーベリーや林檎《りんご》の樹が植えられ、素朴な庭が造られていた。そしてレンガの小路をまたいで渡った時、野ねずみの姿を見つけた。

――朝会ったねずみだ。

チッと鳴く野ねずみの声が、ちゃんとわかるようになっている。

『アンタ、あぶないよ！』

「え？」

野ねずみは警戒音を鋭く発して、タッと身体の向きを変え、茂みに走り込む。それを見送ってしまったルキアの頭上に、サッと影が射した。

「！」

焦げ茶色の翼を広げた猛禽《もうきん》が、一直線に降下してくる。野ねずみが逃げた理由を察した時にはもう遅く、ルキアはがっちりとした爪に摑まれていた。

「わああっっ！」

ばささっと逞《たくま》しく羽ばたく音と同時に、ぐわんと身体が持ち上げられる。風を切り、上昇する景色に、ルキアは目が回りそうだ。

――助けて――ッ！

怖すぎて声が出ない。鷹《たか》なのか鷲《わし》なのかもわからない相手は、おそらく獲物のねずみと自分を間違えて摑んだのだと思う。ルキアは力を振り絞って、手足をばたつかせた。

――どうにかしないと、ねずみの代わりに食べられちゃうんだ。

「離してッ……」

ルキアは叫びながら暴れたが、摑んだ相手は落とすまいと余計に力を込めてきて、ギリギリと爪が身体に食い込む。

「痛ッ！」

――死んじゃうっ！

爪の先がジャケットの布を突き抜け、今にも肌を突き刺しそうだ。ルキアは恐怖で身体を縮こめた。

それは比喩《ひゆ》ではなく、本当に縮んだらしい。次の瞬間にルキアの身体はジャケットがぶかぶかになるほど小さくなり、するりと尻から落ちた。

「わ……ああああああ」

ルキアは、遠ざかる空と猛禽に、手を伸ばしながら落ちた。

◆◆◆

「グランド」

兄の呼ぶ声にグランドは振り向く。この国、ロディアの第一王子であるノヴァリスが、薔薇の庭から手を振っている。

黒に近い栗色の髪とやさしそうな同色の瞳の兄。体格も、やや細身だが華奢というほどではない。臙脂《えんじ》に金刺繡の正装をしているのは、このあと大臣たちとの会議があるからだ。

「遅くなってすまない。待ったかな？」

「いや……」

ノヴァリスがやわらかな笑みを向けてきて、少し案じた顔になる。

「久しぶりだね。元気だったかい？」

「たかが半年だろうが。大げさだな」

「そうなんだけど、やっぱりグランドに会えるのは嬉《うれ》しいよ」

「……」

ノヴァリスは第一王子なので、世継ぎとしてこの城に住まう。だが第二王子のグランドは、十八歳の時に領地を賜《たまわ》り、一年の半分はそちらにいた。

兄弟は正反対の外見をしている。

グランドはすらりと引き締まった体軀《たいく》で、兄のノヴァリスより頭半分ほど背が高い。琥珀色《こはくいろ》の波打つ髪と、アンバーゴールドの瞳。肉感的な唇、シャープな頰のライン。少し南のほうの血を思わせる褐色の肌が、ノーブルな印象の兄に比べてしなやかな野性味を醸《かも》し出していた。

色違いの黒い正装は兄と同じデザインだが、まるで違うもののようだ。

襟元をかっちり留めるデザインの上着は膝丈で、黒い革靴《かわぐつ》には銀鋲《ぎんびょう》で飾りが打たれている。ふたりとも、肩にマントを掛けていた。

「それで、提案したいことってなんだい？」

会議で意見を出す前には、必ず事前に兄に報せておく。そのための密議を行う場所が、王族しか入れないこの庭だった。その理由は両者の後ろに付いているのが、それぞれ違う勢力だからだ。

兄、ノヴァリスには現王の一派が、弟のグランドには王妃の親族たちが付いている。グランドは薔薇の庭の横に造られた、田園風の庭を眺めながら口を開いた。

「軍備だ」

ノヴァリスが僅《わず》かに眉を顰《ひそ》めた。兄が何を懸念したのかは想像がつく。だが、グランドは言葉を重ねる。

「ここ半年、領地を部下に任せて情報収集をしていた。間違いない。ハスリーはこっちを襲う気だ」

「……やはり、そうなのか」

どの国も、主要な都市は城壁で囲まれている。そしてその多くは船で荷を運ぶのに便利な、川沿いや海沿いに築かれていた。ロディアも例外ではない。隣国のハスリーと、この国・ロディアは川という物理的な境界で国を隔てていた。そのため、街以外の田畑や森が続く国境は、川が天然の防御壁となっている。

「俺の領地は砦を増強させた。だが、国境を全て砦で囲っているわけじゃない。都市と都市の間は無防備だ。軍の配備を提案する」

ノヴァリスはしばらく思案してから顔を上げた。

「議題に上げるのは、少し待ってくれないか……」

「……」

「ハスリーとは友好条約を結んでいる。軍を配備すれば、相手を刺激してしまうだろう」

「こちらが軍備を整えているのを見せるだけでも、ある程度牽制《けんせい》になる」

「だが、それでは相手の神経を余計逆撫《さかな》でするだけで、緊張感が増してしまう」

「ノヴァリス……」

兄の気性はわかっている。

彼は争いを避けたいのだ。衝突があっても、話し合いだけで平和的に解決できないかと思っている。

ノヴァリスは案じた顔で説得してくる。

「戦争は誰も幸せにならない。もし開戦を申し入れてきても、こちらが和平を訴えれば、話し合う余地はある」

けれど、こちらが戦《いくさ》の準備をしてしまったら、相手は警戒してしまうだろう。最初から、話し合いを放棄するような姿勢を見せたくないと言う。

「それに、これからの時期はどの領地も農繁期だ。徴兵で人を出せと命じたら、貴族は嫌がる」

「……」

グランドは調査してきた内容を説明しようとして、口をつぐんだ。

手に入れた情報からすると、状況はけっこうシビアなのだ。けれど、それをノヴァリスに言ったところで、彼の姿勢は変わらないだろう。

兄の敵は隣国だけではない。そして彼は、宮廷の中の敵も争いや権力でねじ伏せることをよしとしない。

——俺たちが分裂するのは危険だ。

ふたりは異母兄弟だった。長子とはいえ、ノヴァリスは母の身分が低い。諸侯は、それを理由に兄を軽んじる。グランドもそれをわかっているから、兄弟で意見が食い違わないように調整しているのだ。兄が嫌がる以上、グランドが会議の場でゴリ押しするわけにはいかない。

グランドは、田園風の庭の奥にある、小さな館へ目をやった。

「わかった。だが、親父《おやじ》にもこの情報は伝えておいてくれ。必要なら俺からも説明する」

「……うん」

庭の一角に造られた小さな館。ふたりの父である王はあの離宮に籠《こ》もったままだ。

――親父……。

本当はもっと迅速に対応したい。兄を説得して、諸侯を説得して、さらに王を動かすなどというまだるっこしいことをしていたら、軍を配備できるのは何カ月先になるだろう。その間に隣国が不意打ちしてきたら、もう間に合わないのだ。

けれど、兄を差し置いて采配を振るわけにはいかない。それをやってしまえば、自分の後ろに付いている母方の親族は、これ幸いと兄の廃嫡《はいちゃく》を言い出すだろう。そうでなくても、どうにかしてノヴァリスを押しのけ、グランドを世継ぎにしたいと躍起になっている連中なのだ。彼らに口実を与えてはいけない。

兄より目立たずにじっとしているのは手足に枷《かせ》を嵌《は》められたような不自由さだ。それでも、兄を押しのけて政治的に力を持つつもりはなかった。

――兄貴が世継ぎなんだからな。

兄のやり方を尊重したい。それでも、回りくどい和議を目指す兄に、抗議してしまいたくなる。グランドは何度も出そうな溜息《ためいき》を誤魔化《ごまか》すために空を見上げ、そして何かが降ってくるのを見つけた。

——鳥の糞《ふん》か？

イヌワシの足元から何かが落ちてくる。けれど、糞にしては大きく、そして何か小さな悲鳴のようなものが聞こえて、グランドはとっさに手を伸ばしてそれを受け止めた。

「わあああ……」

——なんだ？

すぽん、と手のひらに収まったのは、ボロボロのブラウスと下着みたいなズボンを穿《は》いた、小さな何かだった。


「なんだ、これ……」

「#$%&《はなして》=〜……!!」

ブラウスらしきものを着た背中を摘まみ上げると、小さな何かは、ずり落ちそうな下穿きを両手で摑んでバタバタと暴れた。叫んでいるようだが、高くて細い声は、ほぼ何を言っているかわからない。陽射しに透かすように見ると、銀色の髪がきらきらときらめいていた。

「すごい、小人《ドワーフ》かな」

ノヴァリスも覗き込む。

「下ろしてあげたら？」

ノヴァリスが両手で受け取ろうとするので、グランドは摘まんでいた指を離した。ぺしゃっとノヴァリスの手の中に落ちたドワーフらしきものは、膝と両手を突いて、ぐしゃぐしゃの泣き顔をこっちに向ける。

大きな瞳に涙が盛り上がっていて、確かに、ちょっと可哀想《かわいそう》な気がしないでもない。

よしよし、とノヴァリスが指先で頭を撫でていて、小さいのはひっくひっくとしゃくりあげた。

「大丈夫だよ。鷲に捕まったんだね。怖かっただろう」

「ドワーフってのは、もうちょっと陽気なもんじゃないのか？」

話に聞く限り、いつも蜜酒を飲んでは騒ぐ髭の爺《じい》さんというイメージしかない。

——もっとも、見たのは初めてだがな。

「鷲に摑まれて笑っていられる生き物はいないと思うよ」

ノヴァリスのほうは驚くでもなく、まるでその辺の猫でも拾ったかのように微笑《ほほえ》みかけている。

「すごいなあ。本物のドワーフに会ったのは初めてだよ。人間の言葉は、わかるのかな」

名前は？　と無邪気に問いかけている。とても通じないだろうと思ったのに、ノヴァリスの手にへたり込んだドワーフは、何か答えていた。

「ん？」

蚊《か》の鳴くような声で、小さくて細いから聞き取れない。ノヴァリスがやさしく聞き返して耳を向けると、相手は一生懸命声を張ったようだ。

「ルキアです」

「ルキア？」

うん、うん、とふわふわの髪を揺らしてルキアが頷く。普通に会話している兄とルキアを見て、グランドは不思議な光景だと思う。

小人や妖精は身近な存在だが、実際に出会う者は少ない。

ノヴァリスはずたぼろの恰好をしたルキアにいたく同情して、部屋に連れて帰ると言う。

「母の持っていた人形に、替えの衣装が揃《そろ》っていたはずだから、着替えになるんじゃないかな」

ルキアは、やさしく介抱してくれるノヴァリスを信頼したようだ。べそをかくのをやめ、素直に頷いている。

――……助けてやったのは、俺なんだがな。

だが、これも仕方がないとわかっている。だいたい、好かれるのは穏《おだ》やかで笑みを絶やさない兄のほうだ。

伝えるべきことは兄に伝えた。グランドは懐《ふところ》から隣国の情報を詳しく示した報告書を出し、ノヴァリスに突き出す。

「読んでおいてくれ。状況を把握しておいたほうがいい」

「グランド……」

グランドは踵《きびす》を返して城の自室に戻った。

◆◆◆

ルキアは、城の中にいた。

そこはノヴァリス王子の部屋だそうで、白と青を基調とした室内で、天井まである窓の左右には分厚いカーテンがタッセルで留められており、華やかだけれど、ほどよく落ち着く広さだった。何よりも、ルキアは城の構造が薔薇城とそっくり同じなことに驚いていた。

――本当に、二重写しなんだ。

調度品は違うけれど、部屋の大きさも、人間の比率からするとほぼ同じだった。違うのは、自分のサイズだけだ。

――薔薇の世界でも、小さかったけど。

けれど、手のひらサイズというのは、前よりさらにひと回り以上小さい気がする。

部屋では、ノヴァリス付きの侍女だというノニアという女性が、あちこちから箱を持ってきてドレスをあてがってくれる。

「うーん。これもダメか」

ノヴァリスは、会議があるのだそうだ。任されたノニアも、〝ドワーフですか〟と驚きはしたものの、それ以上騒ぐことはなく、人形用の衣装を持ってきては、着られないかと奮闘してくれていた。

「もう、これはほどいて縫い詰めるしかないわね」

「？」

ノニアは腰に手を当てて溜息をつくと、裁縫箱を持ってきてテーブルに置く。ルキアも、テーブルの上に乗せられた。

椅子《いす》を引いて腰かけ、そばかす顔のノニアはにこっと笑う。

「さあルキア、ちょっと立って両手を広げて」

「こう？」

「そうそう。ああ、やっぱり袖を外しちゃったほうがいいわね」

ノニアは器用に糸切鋏《いときりばさみ》を使ってピンク色のドレスの袖を外し始めた。

それは少し年月が経《た》って、日焼けしたドレスだった。ギャザーの入った三段ティアードで、ふんわりと裾《すそ》が広がっているけれど、下にいくほど色が褪《あ》せている。ウエストは幅広のリボンで結《ゆ》わくデザインだ。ノニアは、もう古くなったから仕舞われていたものなのだと教えてくれた。

ルキアは、針山にたくさん待ち針が刺さった裁縫箱を見ながら、様式が同じだと感心する。

——すごいなあ。こんなところまでそっくりなんだ。

薔薇城にもお針子たちがいる。彼女たちの仕事は、城のカーテンや絨毯を織ったりする他に、姉たちの美しいドレスを拵《こしら》えたりもするのだ。

ルキアは、姉たちの豪華なドレスの裾がひるがえるのを、羨ましいと思って見ていた。まるで薔薇の花びらのようで憧れるけれど、男の子の自分は決して着ることができない。

けれど、今、着せられようとしているのはドレスだ。ルキアは少し心がウキウキしてしまい、やがて針山のほうへ手を伸ばした。

縫い針と、布と同じ色の糸を見つける。ノニアが気付いて顔を上げた。

「あら、手伝ってくれるの？」

「うん」

ノニアはちょっと意外そうな顔をしながら、糸巻を取り出してくれた。

「できる？　あなたにとっては針も大きいんじゃない？」

「大丈夫だよ」

お針子たちの仕事ぶりは見ているから、縫い方はわかる。糸巻から一生懸命糸を外し、たぐって長さを取ると、ノニアは笑いながら鋏で糸を切ってくれた。

「わかったわ。じゃあ頑張って！　あなたが着るんだから、好きなようにやっていいわよ」

好きなようにしていい……そう言われると、何故だかすごくほっとする。ルキアは針に糸を通し、玉結びを作って、まるで剣のように針を構えた。

――まず、裾をなんとかしなきゃ。

これを着ていた人形は、どうやら自分の三倍くらいは大きいらしい。ティアードになっている部分をほどいてしまえばいいのかもしれないけれど、ルキアにあの鋏は扱えそうになかった。

――真ん中辺りを、ウエストのところに持ち上げて縫い留めちゃえばいいのかな。

そうしたら、まるでパニエを穿いたかのようにドレスが膨《ふく》らむのではないか……ルキアは頭の中で仕上がりを想像して、ティアードの二段目の縫い目を摑み、ウエストのリボンの裏側へ持っていく。

意図に気付いたノニアが褒めてくれた。

「まあ、それはいいアイデアだわ」

「えへ」

──褒められちゃった。

「うんしょ……よいしょ……」

裏側にドレスと針を通す。布が重なって、針を通すのが大変だが、ノニアがさりげなく手伝ってくれて、長かった裾はふんわりと折り返した二重のドレスになった。退色した部分は、折り返したことでいい具合にグラデーションがついたし、下のギャザーがきれいなひだを作って、まるで薔薇の花を逆さまにしたようなフォルムだ。それに合わせてノニアが胴体部分も少し詰めてくれ、ノースリーブのドレスができ上がった。

「さあ、着てみて」

ルキアがボロボロのブラウスを脱ぐと、ノニアはすぽんとドレスを被《かぶ》せてくれる。ブラウスもズボンも補修してくれるというので、ちょっと恥ずかしかったけれど、すっかりぶかぶかになった膝丈のズボンも脱いで渡した。

着替えが終わった時、ちょうどノヴァリスが戻ってきた。テーブルの上にいるルキアを見るなり、ノヴァリスは目を細めて褒めてくれる。

「わあ、可愛いね。まるで物語に出てくる〝おやゆび姫《ひめ》〟みたいだ」

ノヴァリスの笑顔に、胸がドキリとする。

──〝可愛い〟って言われちゃった……。

似合うよ、と褒められ、ルキアは調子に乗ってドレスの裾を摘まんでくるりと回ってみせる。ドレスは姉たちが着ているものと同じようにふわりと広がった。ノニアもノヴァリスも、手放しで賞賛してくれる。

「ホント、可愛いわ」

誰かから、こんな風に褒めてもらったのは初めてだ。

——すごい、嬉しい……。

小さいことは、恥ずかしいことだった。威厳のある姉や父に比べて、自分はいつもみそっかすで〝出来損ない〟なのだ。

——それなのに、こんなに褒めてもらえるなんて……。

ノヴァリスの目はやさしい。本当に、心から褒めてくれているのだとわかる。それに、自分でもこのふわふわしたドレスを着られたのが、とても嬉しかった。

姉たちみたいに素敵に装ってみたかった。心の隅にあった憧れが、こんな形で叶《かな》ったのだ。

「さあ、次はお姫様のための、ベッドや椅子を用意しないといけないね」

——あ……。

ノヴァリスは自分を女の子だと思っている。きっと、この小さくて細い声が勘違いをさせたのだろう。そうわかったけれど、ルキアはその誤解を解かなかった。

お姫様……まるで砂糖菓子のように甘くてふわりとしたその言葉に、ルキアは夢を見ていたい気持ちになってしまう。

〝お姫様〟でいられたら、姉たちのようにドレスをまとい、このやさしい眼差《まなざ》しをいつまでも向けてもらえる……。だから、男の子であることはちょっとだけ黙っておこう。

薔薇城にそっくりだけれど違う城で日が暮れた。戻れない状況はとても心細いはずなのに、ルキアは不安にならずにいられる。

ノヴァリスのおかげだ。

ノヴァリスはこの城の王子なのに、突然あらわれた自分にとてもやさしくしてくれる。

果物を摘み入れる取っ手付きの小さな籐《とう》かごに、絹を敷き詰めてベッドを作ってくれた。レースで縁取られたハンカチが掛布団だ。バスケットの隣には、待ち針を全部外した針山が椅子代わりに置いてある。丸いサイドテーブルは、ルキアの生活空間として提供された。

〝おやゆび姫〟とはどんな人なのかと思っていたら、ノヴァリスが絵本を持ってきて、読み聞かせてくれた。

——蛙《かえる》にさらわれたり、蜂に捕まったり、おやゆび姫は大変だったんだなあ。

このお姫様に比べたら、自分の災難はあまり大したことではない気がする。

「君も、どこからかさらわれてしまったのかな？」

ノヴァリスがやさしく尋ねてくれて、ルキアは真っ赤な針山にちょこんと座ったまま首を横に振る。

「薔薇の庭に住んでいて……」

「わあ、素敵だな。じゃあ、もしかして薔薇の妖精なの？」

「ノヴァリスさんは、薔薇の妖精を知ってるの？」

「ノヴァリスでいいよ。そうだね、城の庭には薔薇の精がいると聞いている」

けれど、見たことはないのだそうだ。

「おやゆび姫じゃなくて、がっかりした？」

チューリップから生まれたという〝おやゆび姫〟とは、似ているけれどちょっと違う。

「とんでもない。妖精に出会えるなんて嬉しいよ。それに、その姿は本当に薔薇の花みたいだ」

「あ……ドレス、勝手に縫ってしまったんだけど……ごめんなさい」

変形したことを謝ると、ノヴァリスは優美に目を細めた。

「それは母の物なんだ。お役に立てて光栄だな」

人形も絵本も、ノヴァリスの母の形見なのだそうだ。

「そんな大切なものを……」

ルキアの母も、もういない。ルキアがまだ薔薇の蕾《つぼみ》の中で眠っていた頃に霧散してしまったのだ。

思わず謝ると、ノヴァリスは大丈夫だと言ってくれた。

「母も、きっと薔薇の精の役に立てて喜んでいると思う。それより、薔薇の精なら庭に帰らなければいけないのかな」

「……そ、それが実は」

ルキアは、そこから自分の身に起きたことをノヴァリスに説明した。

翌朝、ノヴァリスはルキアを手のひらに乗せて薔薇の庭に行ってくれた。他の人を驚かさないほうがいいだろうということで、まだ人が起きていない早朝を選んでくれたのだ。

「みんなが見たがって、取り囲まれてしまうのも大変だからね」

「うん」

ノヴァリスは、小路を歩きながら四阿へ向かっている。

どうやらノヴァリスは無意識に歩いていたらしい。ちらりとノヴァリスを見上げると、〝行きたい場所はある？〟と聞いてくれた。

「ううん。庭ならどこでも大丈夫だよ……」

「そう？　ごめんね。つい習慣でこの薔薇のところに来ちゃって」

——姉上の薔薇のところに？

レンガの柱でできた四阿の隣には、一番上の姉、アプローズの薔薇が咲いている。大輪の深紅の薔薇が大きなひとかたまりに咲いていて、凛とした姿だ。

ノヴァリスは眩《まぶ》しそうに眼を眇《すが》め、その咲きだまりを見る。

「この庭の薔薇はどれも美しいけれどね。私は、この薔薇が一番きれいだと思っているんだ」

「ど……どうして」

自分の薔薇のことではないのに、ノヴァリスの賛辞にどきっとした。

ノヴァリスの眼差しのせいかもしれない。

「気高い感じがするからかな……姿形が美しいというだけではなくて、誇りをもって咲いている……そんな風に見えるんだ」

薔薇であることを誇らしく思って、自信に溢《あふ》れて咲いているように見える。その言葉に、ルキアも賛同する。

「うん」

――姉上そのものだ……。

ノヴァリスは、照れたように笑った。

「こんな風に、自分も誇りをもって前を向いて生きたいと思って、弱気になるたびにここへ来ているうちに、なんだか定位置になってしまって……」

薔薇に励まされているような気になって、気が付くといつもこの場所を訪れるようになったのだと言う。

――誰が見ても、そう思えるんだなあ。

ノヴァリスは長姉のアプローズを見たわけでもないし、この薔薇が彼女だと知っているわけでもない。それでも、この薔薇に気高さや誇りを感じるのだ。

ルキアは、自分の薔薇がどこにあるかを言えなかった。

――きっと、ぼくの薔薇は頼りなく見えるんだろうな。

自信なさげな白い花を、見てくださいとも、これが自分ですとも言えない。ルキアは姉のことも自分のことも黙って、話を逸《そ》らした。

「あっちのほうにも行ってみてもらってもいい？」
「もちろんだよ」

一晩経ったら、何かが変わりはしないかと期待してみたけれど、薔薇の庭は何も変わらず、振り向いても城は薔薇城ではなかった。

「どう？」

ルキアは首を横に振る。ノヴァリスも残念そうに庭を見つめた。

薔薇の精のことは、人間たちはあまりよく知らないらしい。この庭の由来は伝わっているけれど、誰も薔薇王や妖精たちを見たことはないそうだ。

「特に、この門について何かあるとは聞いていないし……お役に立てなくてごめんね」
「ううん」

申し訳なさそうに案じてくれるノヴァリスに、ルキアは首を振る。

充分親切にしてもらっている。帰り道は、自分でもわからないのだ。人間が知るはずがない。

けれど、朝露に輝く庭に居ながら、元の世界に帰れないことに、心は塞《ふさ》ぎ込む。

――父上、姉上……。

このまま、一生薔薇の世界に戻れないのだろうか。所在ない視線を薔薇に向けていると、ノヴァリスがそっと歩き出して、薔薇の庭に隣接しているブルーベリーの樹に近づいた。

「はい、甘酸っぱくておいしいよ」

ぷっくりと熟した粒を摘まみ、手渡してくれる。

「元気を出して。私も、薔薇の庭に関する文献を調べてみる。だから、帰れる方法が見つかるまで、ここにいるといい」

「ノヴァリス……」

ノヴァリスはにっこり微笑む。

「私は君がいてくれるのはとても嬉しいな。ノニアもベロニカもドラセナも、みんな喜ぶと思うよ」

ベロニカとドラセナは、ノヴァリスの部屋に住んでいる双子の猫だ。ノヴァリスはブルーベリーの実をいくつも手のひらに置いてくれる。

「ちゃんと食べて、いつでも戻れるように体力をつけないとね」

――ノヴァリス……。

近づいてはいけないという結界の門を出てしまったのは自分のミスだ。戻れるだけの力がないのも全部自分のせい……ルキアはそれを正直に告白した。自分の失態だろうと言われても仕方がないと思うのに、ノヴァリスは責めない。

頑張れ、と励まされるのが心に沁《し》みた。

「はい……」

無理に笑って、両手で持ったブルーベリーを齧《かじ》る。

「おいしい」

ノヴァリスに心配をかけたくない。元気になったよ、とアピールしたくて、ルキアは甘酸っぱいブルーベリーを一生懸命頬張る。手の指も口周りも青紫の汁だらけだ。ノヴァリスはそれを微笑んで見守り、白いハンカチで口元を拭ってくれた。

「ドレスが紫色になってしまう」

「あ……ありがとう」

「笑ってくれて嬉しいよ」

力になるから、なんでも相談してねと励ましてくれるノヴァリスは、本当に気品のある王子様そのもので、ルキアはますます自分が男の子だと言えなくなってしまった。

――ぼくと、大違いだ。

いつも怖いことがあると逃げ回ってばかりいる自分。姉たちのような凛々《りり》しさも、ノヴァリスのような気品も持っていない。小さくて迷子のみっともない姿で、王子だとは恥ずかしくてとても名乗れない。それなら、まだ無力で不運な〝おやゆび姫〟だと思われていたほうがましだ。

思わず目を逸らしたら、薔薇の庭の四阿辺りに人影が見えた。

「あ……」

――昨日の人だ。

あれ、と指さすとノヴァリスが教えてくれる。

「ああ、弟なんだ。グランドというんだよ。君を最初に助けてくれたのは彼だ」

そういえば落下した身体を受け止めてくれた。

——でも……。

グランドは、ノヴァリスとは違う雰囲気の貴公子だ。兄よりずっと〝大人の男〟という見た目で、隙のない表情に、ルキアはつい気後《きおく》れしてしまう。お礼を言うべきだとは思ったのだが、怖さのほうが勝って、黙って見つめてしまった。

近づいてくるグランドもルキアをちらりと見ただけで、そっけなくノヴァリスに言う。

「まだソレにかまってるのか」

ノヴァリスは、弟の口調は気にならないらしい。にこっと笑うだけだ。

「ルキアはドワーフではなかったんだ。薔薇の妖精なんだよ」

「どっちでもいい。それより、昨日の件で話がある」

グランドの声は静かで落ち着いているけれど、嫌と言わせない強さを持っていた。ノヴァリスは懸念を込めた視線を返したが、グランドは動じない。

「あからさまな軍備をしようというわけではない。今、時間は取れるか？　できれば、一芝居打ってほしいんだ」

ノヴァリスは、申し訳なさそうにルキアのほうを見た。

「ごめんね。一緒に帰り道を探してあげられないんだけど」

「ううん、大丈夫！　自分で探してみる」

ルキアは白いベンチを指さし、ノヴァリスに下ろしてもらう。グランドは、屈み込んで話しかけるノヴァリスを、少し離れたところでじっと見ていた。

「気を付けてね。お昼ぐらいにノニアを迎えに来させるから、この場所に戻ってきて」

「うん」

「無理をしないでね。私たちは、居てくれて大歓迎なんだから」

白い指が頬を撫でてくれて、ルキアはくすぐったくて目を瞑《つむ》った。ノヴァリスはやさしいお兄さんみたいだ。

姉たちには、こんな風にやさしくされたことはない。

ルキアはベンチの上でいつまでも手を振ってふたりを見送った。ピンク色のドレスも揺れて、ルキアはそれも嬉しくてぴょんぴょんと飛び跳ねる。

ノヴァリスが何度も振り返ってくれると心が躍ってしまって、いつまでも腕を振り回していた。

◆◆◆

城の会議場には飴色《あめいろ》のどっしりとした長テーブルが配されていて、卓を囲んで大臣職にいる諸侯が座っている。

最も上座にある王の椅子は空席だ。代わってその左右に二王子が座っている。グランドは一通りの議題が終わったあと、隣国の状況を説明した。

「おそらく、収穫が終わってから冬が来るまでの間に侵攻してくるだろう。夏の間に、防衛策を取りたい」

深刻な表情になった諸侯を前に、防衛策を提案する。

「隣国にまたがる橋を全て壊す。代わりに、人も物も国が許可した小型の渡し舟で運ぶ」

「なんですと！」

国の中に大小九つほどある都市の半分以上が、川沿いにあった。橋は、交易のある都市部にだけ渡されている。

「川は水深があるから防衛できる。あとの進撃ルートは橋だけだ。橋に隣接する砦の増強や嵩《かさ》上げをしている時間も予算もない。橋を壊せば、とりあえず相手は軍を送り込めなくなる」

橋の崩落は、事故を装うのでもなんでもいい。とにかく、進撃さえ阻むことができれば戦は回避できるだろう。

「承服いたしかねます」

真っ先に机を叩いて立ち上がったのは、ノヴァリス派の大臣だ。大臣は髭を震わせて抗弁する。

「城下の都だけで、毎日どれだけの荷が橋を行き来すると思っておられる！　橋を壊したら、物流が止まってしまいますぞ！」

「だから、渡し舟制にすればいいと言っている」

物流が細くなれば、商売に支障をきたす者たちが出る。だがその分、渡し舟という新たな商売が発生するのだ。だが、他の貴族も眉を顰めた。

「橋があれば無料で通れたものを、川を渡るだけで運賃が発生するとなれば、経費がかさむでしょう。それは運ばれてくる品々の値上げを生む。よいこととは思えませんな」

「その通りですぞ。それに殿下、橋を建設するのにいったいいくらかかるとお思いですか！　国境すべての橋を壊してしまったら、再建に膨大な費用がかかってしまう」

民に税を課さねば賄えない、と財務大臣が反対する。グランドはそれを軽くいなした。

「多少物価や税が上がるのは仕方がない。〝安全を金で買う〟と思ってもらうしかないな」

むしろ、安全がタダで手に入ると思うほうがおかしいのだ、とグランドは言って、石でできた頑丈な橋をどう壊すかの説明に入った。議場は怒号が飛び交い、無茶だという声が大半を占めている。

「待ってくれ。グランド、私もその案は賛成できない」

グランドは、予定通り割って入った兄のほうを見る。

「小さな渡し舟では、一度にいくらも運べない。かといって、大型の船で行き来すれば、船を奪われた時に、敵の軍が乗り込んでくる危険性がある……」

ノヴァリスは諸臣一人ひとりを見つめ、真剣に訴えた。

「けれど、グランドが調べてきた情報は確かです。ハスリーではここ数年、貧村で何度も一揆《いっき》が起こっている。狙いは、我が国の肥沃《ひよく》な農地でしょう」

痩《や》せた平地の多いハスリーに比べると、ロディアは土壌が豊かなのだ。

薔薇の香油や染め物が主力産業のロディアに比べて、葡萄《ぶどう》や小麦の生産が中心のハスリーは、一昨年の天候不順も作物の穫れ高に響いているだろう。加えて、隣国の王は短気で獰猛《どうもう》な性格だ。今のところ表面上は友好を保っているが、いつ寝首を掻《か》かれても不思議ではない。

「戦をしたいわけではありません。けれど、備えだけはしておく必要があると思います」

ノヴァリスの真摯《しんし》な声に、大臣や貴族たちは耳を傾け始めている。しかし、とグランドのほうへ渋い視線を投げる大臣に、ノヴァリスはやわらかな微笑みを向けた。

「もちろん、私も橋を壊したくはありません。だから、橋を〝跳開橋《ちょうかいきょう》〟に改造することを提案したいのです」

橋桁《はしげた》を中央で分断してこちら側の先に鎖の一方を繋ぎ、もう片方は砦に設置する巻き上げ機に繋いでおく。そうすればいざという時、鎖で橋を持ち上げ、通行できなくさせられるのだ。

「跳ね上げ式に差し替えるなら、橋を壊すのは、我が国のほう半分だけでいい。橋を支える脚部分が壊れたことにすればいいでしょう。修繕するまでの仮橋と偽って設置すればよいのです」

跳開橋は本来、両岸から半分ずつ橋桁が吊《つ》り下ろされる。けれど、隣国に気付かれずに防衛するとしたら、片側だけを跳ね上げ式にするしかない。

「秘密裡《り》に跳ね上げ式の橋を造りましょう。街ごとの砦で建設して、でき上がったところで今の橋を半分壊します。これなら、あからさまな抗戦準備には見えない」

グランドは、兄の説得が流れに乗り始めたのを黙って見ていた。

——俺に反発する奴《やつ》ほど、ノヴァリスの意見になびくからな。

兄弟で事前に打ち合わせて決めた流れだ。

実は、ふたりとも同じ意見を言っている。目的は交通の要所である橋を壊して、隣国が軍を送り込めないようにすることにある。けれど、大臣たちは、ただ〝橋を壊す〟という言葉に反応して大反対するだろうと踏んで、先にグランドが過激な案をぶち上げたのだ。

目論見《もくろみ》通り、橋を全て壊して小舟で行き来すると言われたあとでは、〝半分壊す程度なら……〟という気分になってくれたらしい。グランド派の貴族たちは、ノヴァリスに文句を言いたいが、反対意見を出すとグランドの意向も否定してしまうことになるので、渋々ではあるが黙っているしかない。グランドは貴族たちの反応を一通り見て、引き際だと判断した。

ガタンと席を立つ。

「俺の意見は言った。あとは好きにすればいい」

「グランド……」

「殿下！」

この場にいればいるだけ、グランド派は反論の機会を探してノヴァリスをつつくだろう。自分が消えたほうが、ノヴァリスの言葉が通りやすくなる。ノヴァリスだけは、本当に〝残ってくれ〟という顔をしたが、グランドは軽く片手を振って、さっさと退出した。

背中から追う声は無視し、大理石の廊下を通って、大きく円を描く階段を降りる。窓から差し込む光で、絨毯を敷いた階段にはきれいな影が投げかけられていた。グランドはふと窓を見ながら、陽射しに揺れる薔薇の庭を思い出した。

「……」

薔薇の花のようなドレスを着たルキアが、ベンチの上で手を振っていた。

――随分《ずいぶん》、懐いていたな……。

昨日のべそかき顔が嘘《うそ》のようだ。

白い肌に薔薇色の頬。ノヴァリスに頭を撫でられて、きゅっと目を瞑った姿がやけに脳裏に甦ってくる。グランドは、特に用事もないのに、そのまま部屋に向かわず城の外に出た。

爽《さわ》やかな春の風に、色とりどりの薔薇が美しく咲き乱れている。

——薔薇の妖精だと言っていたか。

何故、人間の前にあらわれたのだろう。珍しいことだし、興味はある。ちょうど昼近かったのもあって、グランドはルキアが手を振っていた辺りの咲きだまりへと向かった。すると、予想通りノヴァリス付きの侍女がいて、ルキアを探している。

グランドは近づかないようにしてそれを眺めていた。基本的に、ノヴァリスの周囲の人間は、グランドのことが嫌いなのだ。

「ルキア？　ルキア、どこにいるの？」

目印になっているのは、小路に沿って配された白いベンチだ。けれど、その周囲には姿がないらしい。侍女は少しずつ声をかける範囲を広げて奥へと向かっている。遠ざかる侍女を見ていたら、足元で声がした。

「待ってー！」

「？」

下に目をやると、薔薇の茂みからルキアが走って出てこようとしている。裾を踏んづけてコロンとレンガの小路に落ち、慌てて起き上がるルキアを、グランドはひょいと摘まみ上げた。

「わあ……」

ふわふわのドレスを着たルキアが、ジタバタと暴れている。グランドは手のひらに乗せてから侍女のほうへ声をかけた。ルキアの声では、とても侍女にまで届かないだろう。

「ここにいるぞ」

「グランド様！」

侍女が顔をひきつらせ、大慌てで走ってくる。手のひらではルキアがペタンと座ってグランドを見上げていた。

「あ、あの……」

おっかなびっくりという顔だ。グランドは、息を切らして走ってきた侍女に、ルキアを突き出した。

「ほら」

「すみません。お手数をおかけしました」

ノヴァリスの侍女は警戒心丸出しな顔をしている。

「さ、ルキアこっちよ」

侍女は急《せ》かすが、ルキアはなかなか飛び移ろうとしない。黙って見上げる大きな瞳に、グランドは朝方の姿をだぶらせた。

ノヴァリスには、花がほころぶような笑みを向けて手を振っていた。

小さな身体を目いっぱい使って、腕ごと振っていたルキア。けれど、自分には警戒心を丸出しにしている。

——まあ、そうだろうな。

「早く下りろよ」

ちょっと手のひらを揺らすと、ルキアはびくりと肩をすくめて侍女に引き取られた。グランドはそのままくるりと背を向けて歩き出す。

「あの、ありがとう！」

可愛らしい声を張り上げたルキアを、グランドはちらりと振り返り、そして庭を出た。

◆◆◆

ルキアは、ノニアに部屋へと連れて帰られ、髪を梳《と》かしてもらっていた。

赤い針山にちょこんと座り、古くなった歯ブラシでくしゃくしゃになった髪を整えてもらう。

「ドレスもかぎ裂きだらけにしちゃって」

「……ごめんなさい」

裾が広がっているから、歩いているうちに薔薇の棘に引っ掛かってしまうのだ。謝ると、ノニアは苦笑して言う。

「まあいいわ……前に着ていた服を繕《つくろ》ってあげるから、そちらに着替えればいいわよ」

「うん！」

ノヴァリスはまだ戻ってこない。大事な会議が長引いているのだそうだ。

庭に向いた窓では、白いレースのカーテンが揺れている。青い天蓋《てんがい》と幕のついた寝台の横に、ルキアの住むサイドテーブルがあって、ベッドの上には、ノヴァリスに飼われている二匹の猫がのんびり寝そべっていた。ベロニカとドラセナだ。

二匹とも白とグレーの縞《しま》模様で、どっしりとした姿だ。ノヴァリスは可愛いがっているけれど、ルキアから見ると、だいぶふてぶてしい面《つら》構えをしている。

今も、〝なんだこの新入り〟という目で眺めていて、今のところ、言葉を交わしたことはない。でも、ルキアは話せたらいいなと思っている。

髪を梳かれていると、何か迷っていたようなノニアが急に口を開いた。

「ルキア、グランド様には気を付けてね」

「え？」

ノニアの表情は硬い。そういえば、庭にいた時もそんな顔をしていた。

「あの方は、ご自分が王妃様のお子様だからって、何かと言えばノヴァリス様のことを蹴落とそうとしているの。油断してると、あなたのことも利用するかもしれない」

「ええ？」

グランドは、自分を助けてくれたのだ。確かににこやかな感じではなかったけれど、ノニアの言い分には違和感があった。

けれど、ノニアは濡《ぬ》らしたハンカチで靴についた泥を拭ってくれながら諭す。

「あの方はね。ノヴァリス様のことを恨んでいるのよ」

「そんな……どうして」

「それはね」

ノニアは、王家の事情を話してくれた。

ノヴァリスたちの父、つまり国王は、まだ王子だった頃に領地で貧しい村娘に恋をしたのだという。それがノヴァリスの母・マリアだ。

王子は周囲の反対を押し切って、彼女を城に連れてきたのだそうだ。

「当然、身分違いの恋なんて認められないわ。だから、ノヴァリス様のお母様は、それはそれは辛《つら》い目にあったの」

王子は庇《かば》ったが、周囲は正式な妃《きさき》とは認めなかった。城に住むことも許されず、王子は仕方なく城の敷地の一角に離宮を建て、ひっそりとそこに匿《かくま》った。

「離宮といってもね、お育ちになった村の景色を再現した、畑や家畜がいる田舎《いなか》風の館なのよ」

――あれ？　もしかして、あの豚さん……。

薔薇の庭に不似合いな子豚は、そこの家畜なのかもしれない。ルキアはそう思ったが、侍女は気付かずに話を続けた。

心労が重なったマリアは出産と引き換えに命を落とした。同じ頃、先の国王が亡くなり、ノヴァリスの父が即位することとなった。

悲嘆にくれる王をよそに、周囲は王家にふさわしい貴族の姫君を娶《めと》るように迫ったという。王は、結婚を承諾したが、同時にマリアの産んだ息子のノヴァリスを第一王子として周囲に認めさせた。

そして王妃となったのが、グランドの母だ。

「でも、グランド様のご親族たちは、今でもグランド様がお世継ぎになるべきだと言っているのよ」

「グランドさんも、そう思っているの？」

「もちろんよ。ご不満でしょう。きっと、領地を与えられたことも、〝体《てい》よく地方に追っ払われた〟って恨んでらっしゃるんだわ」

――そうかなあ。

自分には、ふたりはそんなに仲が悪いようには見えなかった。

けれどノニアは力説する。

「それに、御親戚《しんせき》はもっと陰険なの。王妃様が亡くなってからは特にそうなんですって」

国王の外戚《がいせき》になるのとならないのとでは、宮廷での権力が違う。グランドの親族は、なんとしてもグランドを世継ぎにしようとし、他の貴族たちは、それを阻止するためにノヴァリスを担ぎ上げているのだそうだ。

「グランド様ご一派が強引だから、国王陛下だってうんざりなさって引っ込んじゃったんだわ」

二度目の伴侶《はんりょ》も若くして失い、王はすっかり政治に後ろ向きなのだそうだ。今は、マリアのために造った離宮に引き籠もり、宮廷のことはもっぱら王太子のノヴァリスに任せている。

「だから、ルキアもあの方には気を許しちゃだめよ」

「……」

ノニアは手早く泥のついたハンカチや、繕い直す服をまとめた。

「さあ、おしまい。じゃあ、私は仕事に戻るわね」

「うん。ありがとうございました」

ルキアは針山から飛び下りてぺこりと頭を下げた。ノニアは笑って手を振り、部屋を出ていく。

広い部屋はしんとした。すると、ふいにだみ声が聞こえる。

『あの女の見解はなっちゃいないね』

「え？」

寝台のほうを振り向くと、絹の上掛けに寝そべっていた猫が口を開いた。どちらがドラセナで、どちらがベロニカかはわからない。

猫は目を細めて、小さな牙《きば》を見せる。

『しょうがない。あの娘はノヴァリス付きの侍女だから、自分の主人を贔屓《ひいき》するさ』

「あの……」

猫に向かって頭を下げる。

「あの、自己紹介が遅れてすみません。ぼくはルキアと……」

『ああいいよ。昨日から見てる』

『アンタもせっかちだねえ。挨拶《あいさつ》ぐらいさせておあげ』

たしなめたほうの猫は、ベロニカと名乗った。

『グランドは、そんな奴じゃないさ』

『アタシらは、代々王妃様の飼い猫だったからね。本当のことを知ってるのさ』

周囲が勝手に派閥を作っているだけで、本人たちの仲は悪くないと言う。

『王妃様はノヴァリスを我が子と分け隔てなく育てた。ノヴァリスはやんちゃな弟を可愛がっていたし、グランドは兄を尊敬していたし、一家は本当に仲良しだったさ』

ドラセナが意味深な顔をする。

『王が隠居しちまったのが、憶測をひどくしたんだろうな』

まあ、気持ちはわかるがね……と言うと、ドラセナはうーんと手足を伸ばして大あくびし、やがてベロニカと一緒にタッとベッドを降りてどこかへ行ってしまった。

ルキアには、猫たちが教えてくれたことのほうが真実な気がした。グランドはノニアが言うほどひどい人には見えない。

——二度も助けてもらったのに。

それなのに、びくびくした態度を取ってしまったのが、心に引っ掛かっている。

ルキアはしばらくじっと、風に揺れるカーテンの向こうを見ていた。


ノヴァリスが帰ってきたのは、夜になってからだ。

長い会議やら謁見《えっけん》のあとで、ようやく一息つけるのかと思ったら、これから離宮に行くと言う。

「父上へのご報告があるんだ。グランドからも、これを預かっているからね」

隣国の状況を調査した書類を手にしている。ルキアは、付いて行きたいと志願した。

「夜だから……危なくないかな」

「そのポッケに入っていけば大丈夫……」

ロングジャケットに、ちょうどいい場所がある。ルキアが指さすとノヴァリスは笑って手を差し伸べ、ポケットに入れてくれた。

「落ちないように気を付けてね」

「うん！」

ポケットの底からつま先立ちして、両手で摑まればなんとか顔は出せる。ルキアはノヴァリスと一緒に、離宮に向かった。

◆◆◆

ノヴァリスは夜の闇に紛《まぎ》れ、ひと目を避けるようにして父を訪ねた。

王は貴族たちに、〝政治を息子に任せる〟と公言している。だから、ノヴァリスが報告に行くだけでも〝また父親を頼って〟と半人前扱いするのだ。そのため、難癖をつけられないようなるべく目立たずに会いに行っている。

「父上」

「おお、来たか」

平屋建ての館はほどよくこぢんまりしていて、父王は居間で嬉しそうに迎えてくれた。

「さあ座れ。どうだ。宮廷内のことは上手くやっているか？」

「……ええ、はい」

そうかそうか、と笑顔で頷く父を見ていると、ノヴァリスは揉《も》めている状況を言い出せない。

父は期待をかけてくれている。自分がいてはやりづらいだろうと、敢《あ》えて表舞台に出ないようにしているのだ。だからこそ、反対勢力を制御できない本当の自分を見せたくなかった。

それに、もし実情を説明して父王が城に出向くことになったら、周囲は〝親に泣きついた王子〟と嘲笑《あざわら》うだろう。

どうしてもそれは避けたかった。自分の力だけでなんとかしたい。ノヴァリスは会議で決まったことを報告し、和《なご》やかな会話で父の様子も尋ねる。

「ご研究のほうはどうですか？」

「ああ、耕運機の試作ができてな。これを牛で引けば、簡単に地面を掘り返せるようになる」

父王は、薔薇の栽培が主力のこの国の、食料自給率を上げたいと考えている。

その考えはノヴァリスの母、マリアと出会った領地での視察が原点なのだそうだ。農村の娘だったマリアから、作物を作る大変さを聞いている。それから、少しでも作業が楽になるようにと農具の開発に取り組んでいるのだ。

特に、表舞台から引退した今は〝農作業の効率化〟に情熱を傾けていて、父王は楽しそうに語った。

「来年は、ここに鍛冶場《かじば》を造ろうかと思っとる。やはり、設計図を描くだけというのはな」

「ご自分で試作品までお造りになるのですか」

「ああ、やってみようと思う」

量産しやすい形にしたい、と目を輝かせて語る父に、ノヴァリスは自分の悩みを打ち明けることはできなかった。

グランドが小芝居を打ってまで調整してくれた「跳ね上げ橋」の案は、結局、いざ実行するとなると具体的なことを決めることができず、先送りになってしまった。

敵襲を不安がる貴族は、自分たちの領地に繋がる橋から改造したいと順番を争い始め、消極的な一派は、一時的にせよ橋が使えなくなる時の補償をどうするかと文句を言い始め、会議は紛糾《ふんきゅう》するだけで何一つ決まらない。

細かいリスクを言い出す反対派を抑えられない、自分の力のなさに落胆する。

けれど、どんな反対意見も、グランドがあの場に残ってくれたら、封じることができたかもしれない。諸侯が反論するのは、自分を侮《あなど》っているからだと思う。

――やはり、本当はグランドが王太子になるほうが、よいのだろうな。

血筋のことだけではない。グランドのほうが王に向いている。心からそう思う。けれど、父を前にすると、弟のほうがよかったと思われるのが嫌で、無理にでも平静を装ってしまう。

父は期待して自分に政治を預けてくれた。見込み違いだったとがっかりされるのが、何より辛い。

結局、難航している橋の話はできず、ノヴァリスは席を立った。

去り際にグランドからの書面を手渡す。

「グランドが調べてきてくれました。隣国の状況です」

父の表情が曇る。ノヴァリスは、心配させまいと笑顔を作った。

「グランドも頑張ってくれて、会議では防衛強化の方向で話が進んでいます」

「そうか……」

「また、ご報告に来ますので」

無理をするなと労《いたわ》ってくれる父をあとにして、ノヴァリスは館を出た。

――父上は、グランドのことをお聞きにならなかったな……。

帰って来ているのだ。様子を聞きたいだろうに、自分に遠慮している。

父は幼い頃から、なるべく弟の存在を目立たなくさせて、血筋の劣る自分を引き立てようと気遣《きづか》ってくれていた。グランドに早々と領地を与えたのも、そのためだ。

今も、せっかく帰って来ている弟を呼びつけることはしない。けれど、その分こっそりと誰かに様子を聞くのではないかと思うと、心が乱れる。

――みっともないな。

兄弟で、比べられることに怯《おび》えている。

貴族や、周囲の人間にはどう思われてもいい。けれど、父にどう評価されているかだけは気にしてしまう。

――違うんだ。本当に比べて気にしているのは、自分自身だ。

どんなに誤魔化しても、自分の心を騙《だま》すことはできない。

グランドのことは好きだ。豪胆な性格で、行動力も判断力もあって、こんな弟がいることが誇らしい。けれど、同時に彼のように振る舞えない自分に自信が持てない。

ノヴァリスは考えに沈みながら薔薇の庭を突っ切っていて、ポケットの中にいる薔薇の妖精のことを、すっかり忘れていた。

夜の庭は、月明かりに葉が光っていて、しっとりとした夜の空気に薔薇の香りが漂っている。そして、足元ばかり見ながら歩いていたら、ふいに人影に出くわして、ノヴァリスは慌てた。

「……グランド」

グランドは白いブラウスの軽装だ。

「親父のところか」

「……あ、うん」

後ろめたいことはないのに、ノヴァリスは慌てて取り繕う。

「でも、もうお休みになられていて会えなかったんだ。だから、もらった書面だけ置いてきた」

一年の半分は城にいない弟に、自分だけが父と仲良くしているように思われたくなかった。

——……いや、それは綺麗《きれい》事だ。

嘘をついた理由は、そんな思いやりのあるものではない。

自分は怖いのだ。グランドが父に会って、宮廷内の実情を話してしまったら……貴族たちを抑えられない自分を知られてしまったら……。そして何よりも、先見性と指揮力のあるグランドのほうに父の評価が傾いてしまったらと恐れているから、父に会えないように仕向けたのだ。

——私は、最低だ……。

臆病で卑怯《ひきょう》で……こんな自分をグランドに見られたくない。ノヴァリスは無意識に目を逸らした。

「ごめんね、まだちょっと用事が残っていて」

「……」

本当は、途中退席したグランドに会議の結果も伝えなければならない。けれど事態を先送りにしただけの成果を、今は口に出せない。

――せめて、もう少し貴族たちを説得できてから言いたい……。

ノヴァリスは、さも急いでいるという態度で、小走りにその場を去った。

◆◆◆

遡《さかのぼ》ること半刻前――。

ルキアは、ポケットの中から背伸びをして、通り過ぎる夜の庭を見ていた。

月明かりに、白や黄色の薔薇が美しく浮かび上がっている。

薔薇城に戻れない……その不安はもちろんある。けれど人間の世界を垣間《かいま》見て、ルキアの気持ちは少しずつ変化していた。

初めて見た人間たち。やさしいノヴァリスやノニア。それに、猫たちとも言葉を交わせるようになった。知らなかった世界を見る楽しさや、ワクワクした気持ちのほうが勝ってしまうのだ。

もちろん、いつまでも帰れないとしたら嫌だが、焦って帰ろうという気持ちにはならなくなった。

それに、出来のよい姉や尊敬する父から離れた生活は、想像もしていなかったけれど、実はすごく気持ちが楽になって驚いている。

――たぶん、ノヴァリスたちが褒めてくれるからだと思うけど……。

人間の世界では、自分は〝不出来な薔薇王の息子〟ではない。名乗らなければただの妖精だ。小さくても〝可愛い〟と言われるし、何もできなくても、ノニアたちはやさしく面倒をみてくれる。

このまま、〝無力で可愛いお姫様〟でいたい……。やさしくされて、可愛がられて暮らしたい……。

そんな願望が頭をもたげる。

――ずるいかな……ずるいよね……。

「でも……」

薔薇の護り手として、百花を統《す》べる薔薇王の息子として、本来、自分には上に立つ者の責務がある。けれど、自分はそれにふさわしい力を持っていないのだ。でも人間の世界にいたら、その未熟さを克服する必要はなくなる。

それに、〝戻れない〟という立派な名目がある。

言い訳が成り立つことが、戻る気持ちを失わせるのだ。それでも、心配しているだろう父と姉に、無事であることは報せておきたい。

ポケットの中で揺られながら薔薇の庭を過ぎ、ブルーベリーや林檎の樹がある田園風の庭に入る。

――薔薇の園の隣に、こんなものがあったなんて……。

薔薇の庭から出たことのなかったルキアは、人間の世界に出て初めてこの場所を知った。

ここは菜園を模《も》した造りをしていて、わざわざ小さな用水路を造って水車小屋が置かれていた。形状から、鶏舎《けいしゃ》や馬小屋と思われるものもある。その先に楡《にれ》や楢《なら》などの樹々に囲まれた小さな屋敷があるのだ。

ルキアは、鶏舎の辺りで子豚の気配を感じて、ポケットから身を乗り出して呼んでみる。

「豚さーん！」

この時間だから、眠っているのかもしれない。けれど、微《かす》かに反応があった気がした。

――豚さんなら、伝えてもらえるかもしれない。

ちょっと止まってもらおうかと思ったが、ノヴァリスはルキアの声を聞いていなかった。ポケットから見上げると、いつもは笑みを絶やさないノヴァリスが、心ここにあらずという顔をしている。

――お父さんのところに行くんだよね？

あまり、嬉しそうには見えない。ルキアは、それがまるで自分のことと重なるように思えて、ポケットの中にしゃがみ込み、知らず知らずのうちに息を詰めた。

「……」

父王のことは好きだ。すごく尊敬している。けれど、会うたびに緊張する。そして成長していない自分の姿を見られるのが恥ずかしくて、本当はそばに行きたいけれど、行きたくない。

――ノヴァリスも、そうなのかな。

なんとなくノヴァリスの緊張した気配に呑まれて、ルキアはポケットの中で蹲っていた。楽しそうに話している気がしたのだが、ふたりの会話はよく聞こえず、ルキアは屋敷の中を見ることなく帰路についた。

その時だ、プギー、という鳴き声が遠くから聞こえた。

『おともだちー』

「!」

——豚さんだ!

慌ててポケットから顔を出す。水車小屋の向こうから、ピンク色の子豚が走ってきて、ルキアはノヴァリスに頼む。

「ノヴァリス、ちょっと止まって」

ノヴァリスは聞こえないみたいだ。顔を向けてもくれない。

「ノヴァリス!」

いつものノヴァリスだったら、子豚が走ってきたら、きっとなんだろうと思って立ち止まるだろう。けれど、今は何か考え込んでいて、一向に歩みが止まらなかった。

薔薇の花園を足早に進むノヴァリスのポケットから、精一杯背伸びをして子豚に向かって叫ぶ。

「豚さん、もし薔薇の妖精を見たら、〝ルキアは人間のところにいる〟って伝えてくれる?」

「プギー」

わかっているのかいないのか、子豚は喜んでいるだけだ。けれど、伝えてもらえそうなのは彼しかいない。ルキアは、距離が広がっていく子豚に伝えようと、ポケットの縁に片膝を乗り上げて叫んだ。

「〝ルキアが門を出ちゃった〟って伝えて! お願い……わ、わあ……あ」

がささ、とノヴァリスのジャケットが薔薇の枝先に触れて、ルキアのドレスが棘に引っ掛かった。

「ノヴァリス！」

小さな叫び声は、もの想いに沈んでいるノヴァリスには届いていないのだ。ルキアは棘に引っ掛かって宙吊りになったまま、立ち去っていくノヴァリスに助けを求めた。

「ノヴァリス！　まって、ノヴァリス——！」

小路に張り出していた枝はルキアを吊って大きくしなり、薔薇の花とルキアのドレスはゆらゆらと揺れる。ドレスは重みでびりびりと破け始めた。

「わあ……」

昼間に作ってしまったかぎ裂きに、棘が引っ掛かっているのだ。

追い付いた子豚は、薔薇の周りをクルクル回っている。

地面に落ちてしまってもいいから、なんとか棘を外そうともがくが、ぷらんと吊られ、みっともなく腹や尻を露出した状態になってしまう。

——た、助けて……。

暴れたのがいけなかったのかもしれない。ふわりと広がったドレスは別な棘にも引っ掛かってしまったらしく、姿勢は戻せたけれど、まるでドレスに上半身を包まれたみたいな恰好で、周囲が全く見えない。

——どうしよう。

「た……助けて～」

その時、ドレスごとひょいと摘まれた。

◆◆◆

グランドは、逃げるように去っていく兄を見送り、そこで子豚が走り回っているのを見つけた。父のところで飼われている家畜だ。

「なんだ、脱走か？」

子豚は重そうに枝垂れた薔薇の周りをクルクルと回っていて、グランドが近づくと驚いて走り去ってしまった。けれど、聞き覚えのある小さな声が聞こえてくる。

——……？

小路に差しかけられたように咲く薔薇が二つ、ゆらゆら揺れている。けれどよく見るとそのうちの一つは花ではなく、ピンク色のドレスだ。

あの薔薇の精だろう。グランドは引っ掛かっているらしいルキアを助けようとして、晒された脚の間に、見慣れたものを見つけた。

摘まみ上げて助けてやりながら、思わず口に出す。

「なんだお前、男だったのか」

——妖精にも性別ってあるんだな……。

気軽な気持ちで言ったのに、手のひらに座り込んだルキアはびくりと身を固くする。

「……？」

みるみる泣きそうな顔になった。

「あの、あの……ノヴァリスには…………内緒に………」

ルキアは必死そうだ。黙っていると、ルキアは震えながら懇願してきた。

「だ、駄目ですか？」

「……なんで隠す必要があるんだ？」

男だと知られたらまずい事情でもあるのだろうか。そう思って聞くと、ルキアはしどろもどろになった。

「それは、その……ノヴァリスは、〝おやゆび姫みたいだ〟って言ってくれたし」

ルキアが物語に出てくるおやゆび姫とは違うことは、皆が知っていることだ。

「女の子じゃないってわかったら、みんな、がっかりするかもしれないし……」

ルキアはなんだかんだと理由を挙げる。その言い分に、グランドはだんだん腹が立ってきた。

「要するに、お前は女扱いされたいから内緒にしてくれと言うんだな？」

「そ……そういうわけじゃ……」

「じゃあなんだ」

自信なさげに俯き、ごにょごにょと言い訳をする姿が卑屈に見えて仕方がない。

「何がおやゆび姫だ。女になりすましてまでちやほやされたいのか？」

ビクッとルキアが肩をひきつらせる。目を逸らす姿も、グランドには何故か兄と重なって見えてしまう。

「……」

先刻の、走り去っていったノヴァリスの姿が脳裏に甦った。

──また、何か気を遣ったんだろう……。

誰からも嫌われないように、細心の配慮を重ねる兄。自分の気持ちを引っ込めて、波風を立てずに上手くやっていくことばかりを考えて、ノヴァリスは自分らしい政治ができない。

誰も傷付けまいとして小さく小さくなっていく兄を見ていると、苛々《いらいら》する。

どうしてもっと自信を持てないのだろう。血筋がどうであれ、王も王妃もノヴァリスを後継者と定めたのだ。自分も、兄の手腕が悪いとは思っていない。第一王子として、もっと胸を張って堂々と意見を言えばいいのに、気配りのほうに神経をすり減らしている。

──本当は、もっと意志が強いくせに……。

見た目を偽《いつわ》って、上辺《うわべ》だけ取り繕おうとしているルキアは兄とそっくりだ。相手の望む姿を演じて、偽《にせ》の自分で好かれたところで、何が楽しいのだろう。

「ご、ごめんなさい……」

怯えて、涙を盛り上がらせたルキアが謝ってくる。グランドは、小さな妖精を責め立てた自分に気付き、我に返って顔をしかめた。

大人げないことをしてしまった。

「別に、お前が男だって、ノヴァリスは可愛がる」

それくらいわかるだろう、と言うと、ルキアは俯きながらぽとりと涙をこぼした。

「はい……」

積極的に性別のことを暴露しようとは思っていない。ただ少し腹が立ったから当たっただけだ。けれどルキアはぽろぽろ涙をこぼしながら謝罪する。

「すみませんでした」

「……俺に謝る必要はないだろう」

けれど、ルキアには思うところがあったようだ。口ごもりながら何かを伝えようとしている。すぐにノヴァリスのところに送り届けようとしていたグランドは、それに気付いて足を止めた。

月明かりの下で、ベンチに座って小さな妖精と向き合う。

「グランドさんの言う通りです。ノヴァリスは、きっとぼくが男でも女でも、がっかりしたりしないと思います」

手のひらの上で、ルキアが項垂れた。

「お姫様でいたかったのは、ぼくなんです」

お姫様でいられたら、小さくてみっともない自分を嫌悪しなくて済む……とルキアは言う。

「妖精なんだから小さい王子でもいいじゃないか。駄目なのか？」

「だ、だめです……王子だったら、グランドさんみたいに大きくないと」

妖精というのは、どれも小さいものなのかと思っていたら、ルキアの姉と父は人間と変わらない大きさなのだと言われた。話を聞く限り、小心者のルキアに比べて、姉ふたりは勇ましそうだ。

ルキアの抱えるコンプレックスがわかったような気がして、グランドは励ました。

「知らない世界にひとりで来て、お前だって充分頑張ってるじゃないか」

「グランドさん……」

「そもそも、姉と比べるのがおかしいだろ」

姉は姉、ルキアはルキアだ。そう言うとルキアは首を横に振る。

「でもぼくは、姉上たちより強くならなきゃいけないんです。ぼくは、王子なんですから」

「……」

ボロボロのドレスを着た小さな〝王子〟は眉をハの字にして言う。

「薔薇王は、薔薇の花だけではなくて、この庭の全ての花を守れなきゃいけないんです。だから、ぼくは姉上たちより強くならなければいけないのに、全然できてなくて……」

最後のほうは、恥じ入るように小さな声になる。ルキアの焦りと、姉たちと自分を比べて落ち込んでいた日常が目に浮かぶようだ。

——きっと、コンプレックスだった〝小さい〟が褒められて、嬉しかったんだろうな。

満面の笑みで、ノヴァリスに手を振っていた姿が甦る。

この状況を維持したかったのだろう。手に入れた幸せを、失いたくないのはよくわかる。グランドは静かに、手のひらの上にいるルキアに語りかけた。

「落ち込むのは、〝なりたい姿〟があるからだろう？　そこに向かって進んでいるから、追いつかない現実にがっかりしたり、焦ったりしてるんだ。できないと諦《あきら》めていたら落ち込んだりはしない」

ルキアが涙を止めて見つめてくる。

月光でルキアのプラチナブロンドがきらきらして、薔薇色の頬がきれいに照らされていた。まるい頬のラインが、ちょっと可愛いと思えたりする。

「大丈夫だ。そうやって前に進もうとしている間は、どんなに少しずつでもちゃんと成長する。俺は、女の恰好をして好かれようとしていたお前より、鼻水垂らして泣いてても、今のお前のほうがずっとマシだと思うぞ」

「でも……」

俯き加減なルキアを励ましたかった。

「小さくても力が弱くても、どんな姿でも、お前はちゃんと誇りある薔薇王の息子だよ」

本当は、兄に言いたい言葉なのかもしれない。

ノヴァリスが、血筋を気にしているのは知っている。何度となく立場を取り換えようと言われた。叔父たち親族の攻撃に、本当に地位を譲ってしまいそうだったから、父に頼んで領地をもらい、地方に引っ込んだのだ。

けれど問題の根本は叔父たちの声ではなく、兄自身が〝自分は世継ぎにふさわしくない〟と思い込んでいることにある。

血筋など関係ない。ノヴァリスはこの数年間、王の代理としてきちんとこの国を維持してきた。もっと自信を持っていいのだ。けれどそれを自分が言っても、兄自身が納得できなければ解決しない。

グランドはそれが歯がゆかった。

兄の心を変えられない分、せめて同じような悩みに囚《とら》われているルキアの心を解放してやりたい。

「もっと自分の力を信じてやれよ」

ルキアが大きな瞳を、さらに見開いて見つめてくる。

「……はい……」

「ノヴァリスが捜しているだろう。届けてやるよ」

グランドは立ち上がって、ルキアをノヴァリスの部屋に送り届けた。

◆◆◆

翌朝、ルキアはブルーベリーを摘みに行きたいとねだって、ノヴァリスを庭に誘った。

かぎ裂きだらけのドレスから着替えて、ノニアが修繕してくれた白いブラウスとズボンを穿いている。こちらも継ぎはぎだらけだが、ルキアは誇らしい気持ちでそれを着た。

澄んだ青空には白い雲がたなびいている。ルキアは手のひらに乗せてもらいながら、庭を見回す。グランドが、庭にいるのではないかと思ったのだ。

昨夜、助けてもらった時にグランドの気配がよくわかった。

——昨日の朝も、庭にいたと思う。

きっと、すぐには見つからない場所にいるはずだ。そう思って城に近いほうまで見渡す。すると、目立たない場所にいるグランドを見つけた。薔薇の絡まる柱に背をもたれさせ、腕組みをして全然興味なさそうにそっぽを向いているけれど、きっと自分たちのことを気にかけてくれていると思う。ルキアは、ノヴァリスの手の上で立ち上がった。

「あのね、ノヴァリス。ぼくね……女の子の恰好をさせてもらったけど、本当は男なんだ」

「ルキア」

「騙していて、ごめんなさい」

両手を揃えて、深々と頭を下げる。ノヴァリスはそんなことで怒ったりはしないとわかっていたけれど、きちんと謝りたかった。

何よりも自分のために。

――だって……すごく恥ずかしかった。

グランドに怒られた時、自分の浅ましさに気付いて、いたたまれないほど恥ずかしかったのだ。

グランドは怖かった。ばれた相手がグランドだとわかった時、もう自分は終わりだと思った。

――きっと嘲《あざけ》られるとか、嘘をついたことを怒られるだろうと思った……。

確かに怒られた。けれどグランドが指摘したのは、嘘をついたことそのものより、女の子だと偽って、居心地のよいこの場所を守ろうとした根性のほうを咎めたのだ。

やさしくされる環境にどっぷり甘えて、楽なほうへ、楽なほうへと逃げていた。

――ぼくも、王子なのに……。

ノヴァリスや、グランドのように立派な王子ではないから、恥ずかしくて名乗れないと思っていた。

けれど、それは間違っているし、ずるい。

みっともなくても恰好悪くても自分は王子だ。むしろ名乗りを上げて、それにふさわしい自分になる努力をすべきだったのだ。

――それに……。

グランドが励ましてくれた言葉が、胸の中に響いている。

《お前はちゃんと誇りある薔薇王の息子だよ》

ずっと、そう自分に言い聞かせていた。けれど、誰かからもらった言葉は、自分の鼓舞《こぶ》とは比較にならないほど強い。

グランドが認めてくれる。グランドが励ましてくれた。それが、支えになっている。

――だからぼくは、ちゃんと〝王子〟にならなくちゃ……。

「ぼくは薔薇王の息子で、薔薇城の王子なんだ」

でも今はちょっと迷子で、かっこ悪いけど……とつい言い訳してしまう。けれどノヴァリスは嬉しそうな顔をしてくれた。

「すごいな。じゃあ、私は伝説の薔薇王の王子様を助けたんだね」

この庭が薔薇の王との約束で造られたというのは、人間にとっては〝伝説〟なのだそうだ。知ってはいるけれど、それを見た者はもういない。それは少し残念だったけれど、ノヴァリスが言ってくれた〝王子様〟という言葉はこそばゆかった。そして、ルキアは遠くにいるグランドを見つめた。

――グランドさん、ちゃんと言えたよ！

アンバーゴールドの瞳が、ちらりとこちらを見てくれたような気がする。ルキアは頬を染めて微笑んだ。

――見てくれた！

そっけない顔をしたままだけれど、視線がこちらを向いた気がした。そしてそのままふい、と城に戻ってしまう。けれどルキアはそれで、グランドがわざわざ様子を見に来てくれたのだと気付いた。

きっと、朝にはここに来るだろうと踏んで、見守ってくれていたのだと思う。

グランドは、態度も物言いもそっけない。ノーブルでやさしいノヴァリスとは正反対だ。でも、言葉ではないところで気遣ってくれるところは、やっぱり兄弟なんだなと思う。

――ちゃんと、グランドさんにもありがとうって言いたい。

ルキアは、ノヴァリスとポケットいっぱいにブルーベリーの実を摘んで、部屋に戻った。


ノヴァリスが政務に出たあと、ルキアはサイドテーブルから、寝台でのびのびと寝ている猫に声をかけた。

「あの、お願いがあるんです」

『……』

太っちょの猫は、片目だけ眠そうに開ける。ルキアは両手を添えて叫ぶ。

「あのっ、ちょっとッ、行きたいところがあってッ」

五月蠅《うるさ》いわ、と不機嫌な顔をしながら、猫は前肢《まえあし》で顔をこすった。

「あのーっ！　グランドさんのーっ、お部屋にーっ」

『ああ、お止め、聞こえてるから』

ベロニカは眉間《みけん》に皺《しわ》を刻んで、ウーンと伸びをする。そしてとん、と床に下りるとサイドテーブルに前肢を掛けた。

『連れてきゃいいんだろ、お乗り』

「いいんですか」

ぱあっと顔を輝かせたルキアに、ベロニカはしょうがない、という顔をする。

ルキアはふかふかの額《ひたい》に下りて、ベロニカの首に結わかれた赤いリボンを手綱《たづな》代わりに掴んだ。

◆◆◆

部屋にいたグランドは、カシカシとドアを引っ掻く音に気付いた。子どもの頃から仕えているじいやが、なんでしょうねと訝《いぶか》しみながら扉へ向かう。そして驚いた声を上げる。

「おや、お前はドラセナじゃないかね」

もう一匹のほうの名で呼ばれた猫はやや不満そうな鳴き声を上げたが、そのまますっとじいやの横をすり抜けて、椅子にくつろいでいたグランドのもとへ一直線に近づいてきた。

赤いリボンを手綱のように握って、首にまたがっているルキアを乗せて。

「グランドさん！」

きらきらのプラチナブロンドをなびかせて、ルキアは文字通り薔薇色に頬を紅潮させている。向けられた笑顔が視界いっぱいに飛び込んできて、グランドは呆気《あっけ》に取られて言葉が出ない。

「にゃあ」

「あの、突然来てすみません」

ルキアはやや恥ずかしそうに笑う。けれど、ノヴァリスに向けられていたのと同じような、輝いた笑顔だ。小さなルキアは猫にまたがったままグランドを見上げていた。

「どうしても、グランドさんにお礼が言いたくて、ベロニカに連れてきてもらったんです」

王妃が飼っていた猫だ。久しぶりに見たベロニカは〝撫でろ〟と顎《あご》を持ち上げて、ルキアが危《あや》うくひっくり返りそうになった。

グランドはその背中を手で支え、そのまま持ち上げてテーブルに乗せてやる。

「あ、ありがとうございます」

「……いや」

まさか、自分の部屋に来るとは思ってもみなかった。

ルキアにやさしくしてやったことはない。昨夜など、こんな小さな妖精相手に詰め寄ってしまったし、どちらかというと嫌われているだろうと思っていたくらいだ。

けれどルキアは今朝、庭でも笑顔を向けてきた。

ノヴァリスに男だと明かして、そのあときらきらした瞳でこちらを見たと思う。

——見つかったのは、意外だったな……。

ふたりだけで楽しそうにはしゃいでいたから、きっと周囲のことなど気にしないだろうと思ってい

たのに。

わざわざ見に行ったのは、きっとあのふたりは早朝に庭に来るだろうと読んでいたからだ。最初の日にブルーベリーを摘みに来ていたし、政務が立て込んでいるノヴァリスが、ルキアに時間を取ってやれるとしたら朝しかない。

兄が、誰にも警戒せず微笑んでいるのを見るのはほっとした。ルキアと一緒に、果物を摘んだり、おしゃべりしたりしているのが本当に楽しそうで、遠くからそれを確認しているだけでよかった。けれど、その笑顔を自分に向けられると、面食らうのと同時に、心を掴まれる。

――やっぱり、こいつは可愛いんだな。

ノヴァリスがかまうのも、わかる気がした。ルキアは照れているのか緊張しているのか、薔薇色の頬をいよいよ紅潮させながら、一生懸命あれこれと話してくる。その姿に、つい見入ってしまう。

「グランドさん？」

「あ、ああ」

ルキアは、昨日の発言で奮起したらしい。そんなつもりではなかったのだが、自分の言葉を支えにして頑張ったと言われると、くすぐったくなる。

「本当に、グランドさんのおかげなんです」

小さなルキアが尊敬の眼差しで見上げてくる。いじらしささえ感じてしまって、グランドは苦笑してその頭を指先で撫で、低く響く声で答えた。

「買いかぶりすぎだ。それは、お前自身の努力の成果だろう」

——やわらかいな。

ふわふわで、猫の毛よりもっとしっとりしてなめらかだ。まるで薔薇の花びらのような感触で、グランドはルキアは薔薇の精なのだなと改めて実感する。

不思議な穏やかさが胸を満たして、知らないうちに表情にもあらわれた。ルキアがそんな自分を見つめて驚いた顔をしている。

微笑みながらルキアを改めて眺めた。

「昨日のドレスもだが、今日のも随分な恰好だな」

麻《あさ》の糸で破れたところをかがっただけの服は、〝薔薇の王子〟には少し可哀想だ。グランドは立ち上がって、城に持ってきた荷物の中から、いくつかの生地を取り出した。

「俺の領地で染めている生地だ」

城に滞在している間に、時間を見つけて城下の業者と取引交渉しようと思っていたものだ。ルキアのサイズ一着分くらいなら、生地を切っても問題ない。

ペールピンク、深紅、華やかな黄色、上品な紫……薔薇で染めたシルクの布と糸をテーブルに並べてやると、ルキアは感動したらしく、布を持ち上げては感嘆の声を上げている。

「すごい……きれいです！」

花びらを摘み集め、煮だして染める。作り方を説明すると、ルキアは正座して聞いていた。うんうん、と全身で頷いて聞いているのが、やたらと可愛い。

「人間て、すごいです。薔薇の花で、そんなことまでできるなんて」

ノヴァリスからは、花びらのジャムや薔薇の実の茶の話を聞いたらしい。小さな手が、シルクをなでる。

「こんななめらかで気持ちいい布、初めて触りました」

頬擦りしている姿を見ながら、ふとその頬の感触を想像してしまう。

ルキアに触れたらどんな感じがするだろうか。ノヴァリスが指で頬をなぞっていたのを思い出して、グランドはそれを意識からどかした。

そして代わりに服を作る提案をする。

「薔薇の王子がつぎはぎだらけじゃ、恰好がつかないだろう？」

「ええ！　本当ですか！」

「もちろんだ。俺の手持ちの型紙から、好きなものを選ぶといい」

服は、王室御用達《ごようたし》の職人たちが作る。彼らは流行をいち早く取り入れ、最新のデザインを提案してくるのだ。特に染布を産出しているグランドのところには、毎年新進気鋭のデザイナーたちがスタイルブックを持って提案しに来る。グランドがその中から気に入ったものを選ぶと、デザイナーたちはお抱えのお針子を総動員して美しい衣装を拵えるのだ。

前にオーダーした服の型紙を、いくつかもらってある。一着分にどのくらいの布が必要かを計算して、反物《たんもの》の長さを調整するためだ。あの型紙を、目分量でルキアのサイズにして使えば、お洒落《しゃれ》な服を作ってやれるだろう。

彩色されたスタイルブックを見せると、ルキアは嬉しそうに眺める。テーブルの上にちょこんと乗る程度の妖精と話すのが、こんなに楽しいとは思わなかった。

「グランド様、小さなお客様にも、お茶を差し上げますか？」

じいやは重そうな猫を抱いたまま聞いてくる。

「ああ、そうだな。焼き菓子も添えてくれ」

「かしこまりました」

じいやは穏やかな老人だ。王妃の輿《こし》入れとともに侯爵家から付いてきた従者で、母が亡くなったあとは自分に仕えてくれている。しばらくしてじいやはワゴンに茶器とビスケットを載せてきた。

「どれにするかお決まりでしたら、じいめが裁断をいたしましょう。どうぞ、おふたりともお茶を召し上がってください」

「わあ、ごちそうさまです」

「ルキア様には、少し大きくて恐縮でございますが……」

「だいじょうぶです！」

さすがに、ルキアのサイズに合わせた茶器はない。けれどルキアは気にしないようだ。角砂糖をスプーンに載せ、ティーカップの縁を梃子《てこ》のようにしてスプーンを沈めると、カップのそばに立ったまま、両手でスプーンを握って掻き混ぜている。

ひと匙《さじ》掬って、ルキアは縁に口を付けた。

「あち……でも、おいしい！」

ふーふーと口を尖《とが》らせて冷ましている。ルキアには大きすぎる丸いビスケットを二つに割って手渡してやると、ティーソーサーの縁に座って、両手で抱えて齧りつく。

「ん、これもあまくておいしい！」

「そうか……」

口の周りがビスケットの屑《くず》だらけだ。それでも喜んで頬張る姿に、グランドもつい相好《そうごう》を崩してしまう。

「……どうした？」

「いえ……」

ルキアが頬を赤らめて目を逸らし、手の甲で口元を拭ってモジモジしている。

「……ぼく、グランドさんて、もっと怖い人だと思ってたから」

恥ずかしそうに逸らした目がさまよっている。

「そんなに……見つめられちゃうと……なんか……」

言葉の続きはなんだろう。聞きたくてうずうずするが、ルキアはチラチラとこちらを見るだけで、話を逸らした。

「ぼ、ぼく、あの、縫うの手伝います！」

得意なんです。とじいやに声をかけている。

少し肩透かしを食らったような気分だ。けれど針を構えて、一生懸命糸を通そうとしているルキアを見ているのは楽しい。

やがて、テーブルには布や糸が広げられ、部屋は、まるでお針子部屋のようなありさまになった。

「ルキア違うぞ、そこは縫い代《しろ》部分だ」

「え、あ……ホントだ」

ルキアは剣のような長さの針を、上手に抱えて縫っている。グランドも、待ち針で布を留め合わせるのを手伝い、玉留《たまど》めや糸通しを代わりにやる。

「グランドさんて、なんでも知ってるんですね」

特に縫製に詳しいわけではないのだが、多少の知識はある。装いは、男女を問わず貴人の嗜《たしな》みだ。

「服は、嫌いじゃないからな」

「グランド様は、とてもお洒落でいらっしゃいますからね」

「そうなんだ」

じいやは、テーブルから少し下がったところで、低めのスツールに腰かけ、猫を膝に乗せて裁縫を手伝いながら懐かしそうな顔をした。

「お小さい頃から、お召し物にはとてもこだわられていて、デザインも布も、気に入るものができるまで、何度でもやり直しをお命じになられたものです」

それが高じて、領地は国一番の染布産地になりました……と自慢する。ルキアは、じいやの昔話を楽しそうに聞いている。

——……。

不思議な時間だった。

ルキアがいて、猫がじいやの膝で眠っていて、午後の金色の陽射しが窓から大理石の床に差し込んでいる。部屋には、甘い紅茶の香りと、ほのかにバタービスケットの匂いが漂っていた。

くすぐったくなるような、懐かしくて心地よい空間だ。

穏やかな幸せ、というのだろうか。領地のことも、隣国との緊張感も、宮廷での不満も、何もかもが遠くなってしまうような感覚だ。

――これは、お前が薔薇の精だからなのか？

グランドは、椅子にもたれたまま、黙ってルキアのきらきらの髪を見つめていた。

ルキアの服が完成した頃には、日はとっぷりと暮れていた。

じいやが燭台《しょくだい》に火を入れ何度か温かい茶を淹《い》れ替えた頃、ジャケットと膝丈ズボンの一式ができた。

シャツは残念ながら、かぎ裂きの古着を改良したものだが、それでもかぎ裂きを修繕して、襟元にはレースタイをあしらった。

淡いローズピンクの絹を使ったジャケットには、銀のレースを縁に縫い付け、前身ごろは短いけれど、後ろ身ごろを長く取って、膝丈ズボンでも少し大人っぽく見えるようにしてある。膝下までぴったりしたデザインで、絹の靴下も一緒に作ってやった。靴はさすがに新調できなくて茶色いブーツのままだが、これならどこから見てもいっぱしの王子様だ。

着替えたルキアは恥ずかしそうに微笑む。

「どうですか？」

「ああ、可愛い」

褒めたら、ルキアは肩をすくませて真っ赤になった。

この小さな薔薇の精を、ずっとここに置いておきたい……グランドは心の中でつい夢想をした。

——だがこいつは、ノヴァリスのところで暮らしてるんだからな。

もう帰さないと、心配しているだろう。残念な気持ちはあるけれど、引き留められるものではない。

「兄貴のところまで送ってやる」

「はい……」

グランドは、手のひらにルキアを乗せて、同じ階の反対端にあるノヴァリスの部屋に向かった。

◆◆◆

夜の城は、壁の両脇に蠟燭《ろうそく》が灯《とも》され、点々とその先を照らしている。ルキアはひと気のない回廊を進みながら、グランドの手のひらの上で顔を赤らめていた。

グランドの微笑みが、脳裏に焼き付いている。

——あんな風に笑うんだ。

最初に厳しい表情を見ていたせいか、グランドが微笑むところを想像できていなかった。

整った野性的な面差しが、やわらかく和む。本当に楽しそうに見つめられて、頭にかーっと血が昇ったような気がした。

グランドのことは、尊敬していた。それに、姿だけでなく立ち居振る舞いもとても恰好いいと思っていた。けれど、今は尊敬だけではない感情が生まれている。

——ぼく、なんかヘンだ……。

ドキドキするのに、ずっとグランドを見ていたい。けれど、やっぱりドキドキするので今も振り向けない。だから、ルキアは手のひらの上で動悸《どうき》を持て余したまま座り込んでいる。

西端にあるノヴァリスの部屋に近づいた。その時、扉の向こうで話し声が聞こえて、バタンと扉が開いた。

「絶対グランド様ですよ！　誘拐したに違いないわ」

——ノニア！

「私、捜して……あ！」

部屋から飛び出してきたノニアは、蠟燭の灯《あか》りの先にいるルキアとグランドを見て固まっている。ルキアも、声が出なかった。

気まずい沈黙が流れる。そして半瞬ほど遅れて、部屋からノニアを追いかけてノヴァリスが出てきた。

「待ってくれノニア……！」

驚いた顔のノヴァリスと、固まったままのノニア。背後にいるグランドの表情はわからない。そして気まずさを破るように、グランドの足元に付いて来ていたベロニカが、にゃあと鳴いてノヴァリスのほうへ行った。

気を取り直した様子で、ノヴァリスが口を開く。

「よかった。ルキアを見つけてくれたんだね」

夜になっても戻ってこなくて、心配していたんだ……とノヴァリスが手を伸ばしてきた。

グランドの手が促すようにノヴァリスへと伸ばされて、ルキアは思わず振り返った。

――グランドさん。

グランドはいつもと変わらない顔をしている。それは、最初に会った時の顔だった。

けれど、本当は違うのだとルキアは思う。

――だって、グランドさんの気配が曇った……。

手のひらから下りるのが躊躇《ためら》われる。そしてノヴァリスも心配そうな顔だった。

「ルキア？　大丈夫？」

「ノヴァリス……」

「拾ったわけじゃない。こいつは俺の部屋にいたんだ」

ノニアが息を呑んでいる。ノヴァリスの表情が僅かに歪《ゆが》んだ。

「返したからな」

すべり落とすようにして、ルキアをノヴァリスの手のひらに預け、グランドは踵を返した。

「グランドさん」

「グランド、ありがとう」

黄金色の髪がなびいて、すらりとした長身はすっと回廊の向こうへと戻っていく。ルキアはそれ以上声をかけられなくて、黙って見送った。

ノヴァリスの部屋に入ってから、ルキアは遅くなった事情を説明した。

自分からお礼を言いに行ったこと、服を作ってもらったこと、グランドは何も悪くないのだと説明したのだが、ノニアは納得してくれない。

「もう……あんなに言っておいたのに。騙されちゃダメよ、あなたは利用されてるのよ」

「ノニア……」

ノヴァリスも、憤慨する侍女を宥める。

「憶測でものを言ってはいけないよ。ルキアは嘘をついていない。グランドは何も悪いことをしていないだろう？」

服まで作ってくれたのだから……と言うノヴァリスに、侍女は溜息をついて反論した。

「殿下はお人好しすぎます。こんなの、ルキアを懐柔するために決まってるじゃありませんか」

「ノニア……」

「ルキアを手懐けて、ノヴァリス様から取り上げておしまいになるつもりなんだわ」

ノヴァリスは、少し悲しそうだ。

「どうしてそう悪く取るんだい？　グランドは、そんな人間ではないよ」

ルキアは、言い合うふたりを見上げているしかない。ノニアはどうしてわかってくれないのだと主《あるじ》をなじって顔を歪めた。

「だってそうじゃないですか。王妃様はあとから嫁《とつ》いでこられてマリア様のおられた場所を奪ったし、グランド様だってあとから生まれたのに、お世継ぎの座を奪おうとして……今だってそうでしょう？　薔薇の精はノヴァリス様のところに来たのに、自分のものにしようとして……そういう大事なものを、あの方は全部取り上げておしまいになるんですよ！」

「ノニア！」

ノヴァリスが珍しく厳しい声を上げて、侍女は肩をすくませて黙った。

「グランドは何も奪っていない。グランドを貶《おとし》める発言は許さない」

ノニアはみるみる目に涙を盛り上げ、すみませんでしたと叫ぶと走り去ってしまった。

取り残された気まずい空気の中で、ノヴァリスが低く溜息をつく。

「……ごめんねルキア。大変なところを見せてしまって」

「ううん……ぼくのほうこそ、ごめんなさい」

考えなしに遅くまで戻らなかったから、こんなことになってしまったのだ。謝ると、ノヴァリスは弱ったような微笑みを向けた。

「誰も悪くはないんだ。ノニアも、本当に私のことを想ってくれているから、ついグランドを悪く言ってしまうだけなんだよ」

城の人間たちの噂《うわさ》話や憶測が、偏見を生んでしまうのだと言う。

「ノニアたちは、そういうのを真《ま》に受けてしまうんだ。だから、グランドにとってこの城は居心地が悪いと思う」

「ノヴァリス……」

寝台に腰かけ、ノヴァリスは気を取り直すようにルキアに問いかけた。

「グランドのところは、楽しかった？」

「うん」

ノニアが邪推したような意図はなかったはずだ。自分が突撃していったのだし、服を作ってもらったのは成り行きだ。ルキアは、一生懸命疑惑を晴らすために詳細を語り、そしていつの間にか夢中になってグランドのことを話していた。

「そう……よかった」

「すごいんだよ、洋服も作れるし、薔薇染めの配合とかも、たくさん教えてもらっちゃった」

グランドがどんなにやさしかったか、あの場所がどんなに楽しかったか……精一杯伝えたつもりだったが、ノヴァリスの微笑みには、少しだけ陰ができた。

「ちょっと、ノニアのところに行ってくるね」

厳しく叱《しか》りすぎてしまったから……とノヴァリスは侍女たちの部屋へ向かう。ルキアは、複雑な気持ちでそれを見送った。

翌朝――。

ルキアはいつもと同じようにノヴァリスとブルーベリーを摘みに行ったけれど、そこにグランドの姿はなかった。ルキアは庭に置いてもらい、ひがな一日、元の世界へ戻る路を探しながらグランドが訪れるのを待ったけれど、ついに会えなかった。

──グランドさん……。

迎えに来てくれたノニアは、気まずいのかあまり笑ってくれない。ルキアも、グランドの名前を出してはいけないような気がして、黙っているしかなかった。

──どうしてるかなあ。

平気な顔はしていたけれど、ノニアの言葉は聞こえていたはずだ。誘拐なんて疑われて、嫌な気持ちにならないわけはない。

夜になって、ノヴァリスが戻ってきても三人はどこかぎくしゃくしていて、ルキアは言葉少なにバスケットのベッドに入った。

けれど、蠟燭の灯りが消えても全く寝付けない。

「……」

このまま、グランドにはもう会えないのだろうか。庭にも来てくれなくて、ノヴァリスに様子を聞くこともできない。

──そーっと行ってみようか。

幕の閉まった寝台を見やる。ノヴァリスはもう眠っていて、侍女も退《しりぞ》き、部屋はうっすらとした月明かりで物の判別がつく程度だ。ルキアは起き上がってテーブルから床を見下ろした。この高さから下りるのは、かなりな難問だ。

――何か、紐《ひも》みたいなもので下りるとか……。

使えそうなものはないかと辺りを見回していると、ふいに暗がりで四つの目が光り、ルキアは声を殺して驚いた。

『グランドのところに行きたいんだろ？』

「ベロニカさん」

『ドラセナだよ』

見分けぐらいつけろ、と憤慨しながらも、ドラセナは前肢をテーブルに掛けて頭を下げ気味にしてくれた。

『ほらよ』

「あ、ありがとう……」

夜中にごめんねと謝ると、縞々の猫たちはにやりと笑った。

『なに、夜は俺たちの時間だからな。それに、これはお前のためじゃない。グランドのためさ』

首にまたがり、リボンを掴むとドラセナは扉のほうへ向かった。

ドラセナの背中を踏み台に、ベロニカが乗り上がって取っ手を下げる。扉は僅かに軋《きし》んだ音を立てて、猫一匹分だけ開いた。

見送るベロニカは、目を細めて笑う。

『グランドはいい子さ。それは遊んでやったアタシたちがよく知ってる』

慰めておあげ…と言って、見送ってくれた。

真夜中の城は静かだ。時おり歩哨《ほしょう》の兵士たちの姿が見えるけれど、ドラセナは悠々と歩いていく。首のリボンには王家の飼い猫のしるしとして紋章が刻まれたコインが下げられていて、兵士たちは蠟燭越しの猫をちらりと見るだけで、背にまたがったルキアには気付かないようだ。

グランドの部屋の前は真っ暗で、扉は閉じられたままだ。ドラセナはこのどっしりとした見た目からは想像もつかないほど可愛い声で開けてくれと鳴く。

にゃあにゃあと鳴き続けていると、根負けしたのかグランドが扉を開けた。ガウン姿だ。

「なんだ、ドラセナか……久しぶりだな」

どうした……と部屋に入らせ、蠟燭の灯りでルキアを見つけた。

「お前……」

「あの……ゆうべはごめんなさい」

「………」

自分のせいで、おかしな濡れ衣《ぎぬ》を着せられて傷付けてしまった。ルキアが謝ると、グランドは詰めていた息を吐いて髪を掻き上げた。

「俺のことは別にいい……それより、ノヴァリスに何かあったのか？」

「ううん」

眠っているノヴァリスの目を盗んで、黙って出てきたのだ。それを言うと、グランドはしばらく黙り、それから屈み込んで猫の背中から掬い上げてくれた。

そのまま寝台のほうに連れていってくれる。

グランドの部屋の装飾は、ノヴァリスの部屋よりシャープだ。

床の大理石は黒と白の市松《いちまつ》模様で、壁には異国のタペストリーが飾ってあったり、見たこともない不思議な調度品があちらこちらに置かれたりしている。昼間いた部屋の奥に、間続きの寝室があって、寝台の横にはやはり丸いサイドテーブルがあった。

ルキアはそこにそっと下ろされた。

文鎮《ぶんちん》を椅子代わりにして座る。小ぶりなテーブルには琥珀色の酒と飲みかけのグラスがあった。

「お酒を飲んでいたんですか？」

「ああ。お前も少し付き合え」

そう言えばいつもより少し気だるげな雰囲気だ。

——酔ってるのかな。

グラスをクンクン嗅いでみるが、とても飲めそうにはない。

「お酒は、飲んだことがないです」

グランドは意外だ、という顔をする。

「妖精とか小人は、飲兵衛《のんべえ》だと相場が決まってる」

——そうなのかな？

あまり聞いたことはない。けれど、確かに城には醸造酒がある。

考え込んでいる間に、グランドは隣の部屋から何やら一式を持ってきて、茶を淹れてくれた。

ガラスのポットにはお揃いのガラスでできた置き台がついていて、真ん中に蝋が入っている。これに火を点《つ》けて湯を沸かすのだという。透明なガラスポットに入れられた茶葉は、やがてコポコポという小気味よい音とともに舞った。

夜の部屋で、ガラスに反射する蝋の炎と透ける紅茶の色がきれいだ。グランドはカップに茶を注ぐと、角砂糖を入れてスプーンで掻き混ぜてくれた。

「風味付けだ」

仕上げにテーブルにあったブランデーをひと垂らしして、ルキアの前に置く。

「…うん」

風味程度というわりには、酒の匂いがプンプンする。けれど紅茶の香りと甘さに混じって、確かにちょっと〝大人〟な感じだ。

ルキアはティーソーサーの縁に座り、スプーンを盃《さかずき》のように抱えて飲んだ。ちょっとむせるけれど、飲めなくはない。

「美味《うま》いか?」

「うん」

グランドは山盛りに積まれたクッションにもたれて、寝台の上でグラスを呷《あお》っている。昼間見るのと違って、胸元のはだけたガウンと手にした酒が退廃的な魅力を放っていて、ルキアから見ると大人っぽくてかっこいいと思う。

――やっぱり、グランドさんは何をしてもさまになるなあ。

父ともノヴァリスとも違う種類の魅力だ。ただ、今夜のグランドはいつもの鋭さを潜めていて、どことなく沈んでいるように見えてしまう。

けれど、なんと声をかけていいかわからない。

沈黙の間に、グランドはグラスを空にしては酒を注ぎ足す。ルキアもブランデー入りの紅茶を何匙も掬っては飲み、やがてグランドのほうが声をかけてきた。

「そんな顔をするなよ……俺は、それほど傷付いてるように見えるか？」

「グランドさん……」

グランドはグラスを揺らしながら笑う。

「昨日のことなら、別に気にするようなことじゃない」

疑われるのは今に始まったことではないし、どう思われてもいいと言う。

「兄貴のほうが、ずっと色々言われてる」

そう言ってグランドは少し視線を遠くした。

「ただ……昔は、こんなに気を遣い合う間柄ではなかったんだがな」

グラスはまた空になっていて、グランドは無造作にボトルから酒を注ぎ足そうとした。けれど、だいぶ酔っているらしい。手元が少し不安定だ。

「あぶないです」

ルキアは思わずスプーンを置いて駆け寄った。自分のサイズでは何も支えてあげられないとわかっているけれど、ボトルをテーブルに置いた手に寄り添う。

グランドがじっと見ている。

「………？」

ルキアのつむじを指の先でぐりぐりし始めて、ルキアはくすぐったくて両手で頭を押さえて笑った。

「……髪がくしゃくしゃになっちゃいますよ」

「ちょっとくらいいいだろ」

止めろと言うほど、グランドは面白がってくすぐる。お酒でいつもよりとろんとした眼で、からかうようにルキアの髪や頬を指で弄《もてあそ》んでいた。

「やだもう……酔っ払ってるんですね」

「酔ってない」

「酔ってますよ……お酒臭いじゃないですか」

「臭くなんかないぞ。ほら」

「わっ！」

摘まみ上げられて、わざわざ酒臭い口元から息をかけられた。本当に酔っ払いだ。

「もう～。臭いから離して！」

「嫌がるなよ……お前も俺が嫌いなのか？」

「嫌いじゃないけど、わあ……やだ、もう」

キスされそうになって、グランドの唇を両手で押しとどめる。けれど、抵抗されてもグランドは楽しそうだ。

すごく至近距離で見つめ合う。

「嫌だって言うなよ」

「グランドさん」

「俺はお前が好きなんだから」

——え……。

心臓が飛び跳ねる。顔を真っ赤にして見つめたら、頬にキスされた。

長くて形のよい指に包まれて、そっと唇が頬に触れる。

「本当にお前は可愛いな……」

——グ……グランドさん……っ……。

心臓が爆発しそうだ。猛スピードでバクバクいっていて、頭に血が昇ってくる。

むせるようなブランデーの香りに取り巻かれながら、ルキアはやわらかな接吻《くちづ》けを何度もされた。

——わああ……。

頭がくらくらする。心も身体も、蕩《とろ》けてしまいそうだ。ルキアはされるがままに、身体を預けていた。

身体はふにゃふにゃで、心の中はずっとビックリして叫んでいる。けれど、惜しむように唇が離れて、少し残念そうな声がした。

「兄貴はいいよな……お前みたいなのに懐かれて」

——……え。

「親父にも認められて、親父の側近たちからも支持されて、お前と一緒に暮らして……兄貴は、俺の欲しいものをみんな持ってるんだ」

酔っ払いのたわごとだ……と笑いながら、グランドの言葉にはどこか本音が漏れている。

「どうせ俺は陰険な後添《のちぞ》いの息子だよ。血筋を鼻にかけて、いつも悪だくみしてる悪ガキなんだ……」

「そ……そんなこと、誰も思ってないよ」

「思ってるさ」

城の連中は皆そう思ってる……と酔いにまかせて不貞腐《ふてくさ》れるグランドに、返す言葉もない。ノニアの態度を見れば明らかだ。

グランドは、拗《す》ねたような、甘えたような顔で小さなルキアを持ち上げて眺めていた。

「俺は生意気だからな。穏やかで慎重なノヴァリスとは違う。好戦的で、乱暴で、鼻持ちならない野郎なんだ」

「グランドさん……」

「叔父貴たちが俺を持ち上げようとして、さんざん兄貴をこき下ろしたからな。俺は世継ぎの座を奪おうとした悪役だ。この城で俺を嫌ってない奴はいない」

「……」

きっと、ずっと誰にも言えない気持ちを抱えていたのだと思った。

悪く言われているのを知っていて、平気な人なんていない。慣れているとうそぶいているけれど、本当はいつだってこんな風に心の中に納得できない想いを抱えていたのではないかと思う。でも、グランドには溜《た》まっていく気持ちを吐き出せる相手がいなかったのだ。

ルキアは両手を伸ばして、形よい鼻梁《びりょう》に触れた。

「ぼくは好きだよ。グランドさんのことが好きだもん」

「……嘘つけ」

「嘘じゃないもん」

信じようとしないグランドになおも言うけれど、グランドは認めない。

「嘘だな。兄貴のほうが好きだろ」

比べられて、ルキアは迷わず首を横に振った。小さな手で、グランドの鼻先を撫でる。

「グランドさんのほうが好きだよ」

酔っぱらったグランドはずっと〝嘘つけ〟と繰り返すばかりだ。

「嘘じゃないのに、なんで信じてくれないの」

「絶対嘘だね」

何が不審を買っているのだろう。グランドは頑《かたく》なに否定する。

「どうしてそんなこと言うの」

ポカポカと指を叩いて理由を言えと抗議すると、ようやく本音を漏らした。

「兄貴のことは名前で呼ぶのに、俺には〝さん〟付けじゃないか」

「え……そんなこと」

ノヴァリスとのほうが、仲がいいと言うのだ。

「だってそうだろ」

本気で拗ねている。

「お前はさ、毎朝楽しそうに兄貴と庭でいちゃいちゃしてたじゃないか」

「だって、あれは……」

「俺が近づいたら怖がったくせに……」

どうせ、俺は二番目だ……こんな男前な顔でそう拗ねられると、なんだか気持ちがふわふわしてしまう。ルキアは嬉しくなってはにかむように笑った。

「グランド……」

ちょっと驚いたようにグランドが目を見開く。ルキアは頬を染めてもう一度名前を呼んだ。

「呼び捨てにするのは……照れるね」

グランドがふっと笑う。もっと顔が近づいてきて、ルキアは目を閉じて唇が触れるのを感じた。

「馬鹿……」

「馬鹿じゃないもん」

「ああ、そうだな……馬鹿は俺だ」

〝信じない俺が馬鹿なんだ〟と言って、グランドの親指が、こめかみや耳の辺りをくすぐっていく。

うっとりする感触に、ルキアはグランドの頬を抱きしめるようにして自分からも接吻けた。

――すごく、グランドさんのことが好きだ。

ドキドキして、でも離れたくない。ノヴァリスに対しても、ノニアに対してもなかった気持ちが生まれて、ずっと抱きしめていたくなる。

「好きだからね……グランドのことが、大好きだからね」

「兄貴より？」

「うん」

もちろん、と言ったら、両手で抱えられた。

心地よくてふわふわして、もう目を開けていられない。

そこから先は、まるで記憶がなかった。

◆◆◆

グランドは、庭にいるのかと思うほどの花の香りで目が覚めた。

「……」

喉《のど》が渇いている。

――飲みすぎたな…。

自制のなさに自嘲《じちょう》したが、昨日の深酒は不思議と罪悪感がない。

――ルキア……。

酔いの妄想が半分くらいあるのかもしれない。小さな薔薇の精がやってきて、自分を好きだと言うのだ。

気恥ずかしそうに頬を染めて、小さな唇が接吻けする。

《グランドのことが、大好きだからね》

芳《かぐわ》しい薔薇の香りが自分を包んだ。

こそばゆくて幸せで、あんなに楽しい酔い方をしたのは久しぶりだ。調子に乗って、自分もさんざんルキアに好きだと伝えた気がする。

——可愛いよな。

青灰色の澄んだ瞳が、きらきらと見つめてくれるのだ。恥ずかしそうに頬を染める姿も、小さな手が鼻先に触れるのも、何もかもが可愛くてたまらなくて、思わず好きだと漏らしてしまった。

——あんな小さな相手に……。

人が聞いたら馬鹿なことだと思うだろう。けれど、どんなに小さかろうと、人間ですらなくても、ルキアが好きで、愛《いと》おしくて手のひらに包んでいたかったのだ。

たとえ酔って見た夢でも、想いを通わせたあの幸福感を思い出すと、心が満たされる。もうひと眠りして、あの続きを見たいくらいだ。

そう思いながら薄目を開けると、窓側にあるサイドテーブルは酒瓶やらティーカップやらでごちゃごちゃしている。朝陽にガラスポットが透けていて、グランドも、ようやくルキアの訪問が現実だったのだと認識し直した。

——本当に、ルキアが来たのか。

すると、あの甘い夢は現実だったのだ。グランドは我に返り、気恥ずかしさで熱くなる頬を誤魔化して顔をしかめた。

「……」

いたたまれない。手のひらサイズのルキアに、拗ねて迫った記憶がまざまざと甦って身の置き所がなかった。

——俺は、何をやらかしたんだ……？

ルキアはどう思っただろう。

——酔って迫るとか、ないだろ。

キスしろだの、もっと好きと言えだの、だいぶ我儘《わがまま》を言った気がする。顔から火が出そうだ。

——俺としたことが……。

記憶を消し去りたい。黒歴史すぎる。けれど、一方で忘れてしまいたくもなかった。

酔っ払いのたわごとに付き合ってくれたのだとしても、ルキアのやわらかな声に浸《ひた》っていたい。

《グランドのことが、大好きだからね》

自分の態度は忘れてほしいのだが、あの告白は覚えていてほしい。勝手なことを、と考えながら、そういえばルキアはどうしただろうと思い出す。

うっかり寝返りで圧《お》しつぶしたりしていないか心配すると、腕のすぐ隣に温《ぬく》もりを感じて、グランドは反対側を振り返った。

「ル……」

隣で眠る裸体を前に、酔いが醒《さ》める。

「………」

まだ骨の華奢さが残っている身体。透き通るように白い肌。しっとりと白銀に輝く髪。なめらかな頰、少し幼さを残した鼻梁。頰よりもほんのりと色づいた唇。閉じられた瞼《まぶた》を縁取る睫毛《まつげ》は透明感があって、目元が銀の粉を振りまいたようだ。

——これは……ルキアなのか………。

面影はある。あのちびっこいのが成長したら、きっとこんな面差しになるだろう。

何よりも、眠るルキアから放たれる薔薇の香りが寝台を、いや部屋を満たしていた。

朝露をまとって開く庭の薔薇たちよりも、もっと軽やかで澄んだ芳香がする。今まで、薔薇染めの工房や薔薇園でさんざん花の香りを嗅いできたが、こんな爽やかで甘い香りは初めてだった。

「ルキア……」

寝息で肩が僅かに上下している。体温は本物だ。

——そういえば、姉や親は人間と変わらない大きさだと言ってたな。

「う……ん………」

まだ半分眠りの中にいたルキアが、きらきらの睫毛を小さく瞬《まばた》きしてゆっくりと目を開いた。

本当に、ルキアだ。

驚きすぎて言葉が出ない。半覚醒でふわんとした眼差しは、確かにルキアではあるのだが、息をするのさえ忘れてしまいそうな美貌だった。

　青灰の澄んだ瞳は、とろりとした美酒のように蠱惑的《こわくてき》な雰囲気を持っている。艶《つや》やかな影を落とす長い睫毛。目じりは睫毛が陽の光を弾くせいなのか、常にきらきらしている。薄く開いた形のよい唇は、まるで精巧な人形のようだ。

「……ん……？」

　ルキアはまだ半分ねぼけ眼《まなこ》だ。なまめかしいのに無防備という強烈なインパクトを持つ姿態に、グランドは思わず手を伸ばして肌に触れた。

「ルキア」

「！……わ、わあああ」

　ルキアは急に我に返ったらしい。驚くと同時にその美しい姿は幻《まぼろし》のように消え、どこに行ったのかと視線を巡らせたら、敷布《しきふ》の上に手のひらサイズのルキアが縮こまっていた。

◆◆◆

——なんで、なんで裸………。

　ルキアには、何がなんだかわからなかった。気が付いたらすっ裸だったのだ。

「服……服………っ……」

　恥ずかしくて泣きそうだ。どうして服を着ていないのだろう。

「ほら……」

「……あ……ありがとう」

――服が、お酒くさい……。

作ってもらった服は、どうやらブランデー入りの紅茶を被ったらしい。けれど、ルキアはその湿った服を慌てて着た。

「……」

グランドの視線が痛い。グランドが昨夜のことをどこまで覚えているのかが気になって、まともに顔を上げられなかった。

《俺はお前が好きなのに……》

思い返すだけで、頬が熱い。

あれは現実だったのだろうか。それとも、自分も酔って幻覚を見たのだろうか。確かめたいけれど、裸を見られた恥ずかしさもあって、グランドの顔が見られない。

「あの……ぼく、も、もう帰らなきゃ……」

ノヴァリスが心配している。そう言い訳をしてそそくさと逃げ出そうとすると、グランドが手のひらで包むようにして引き留める。

「また来るだろ？」

「え……あ……」

顔が至近距離で迫ってくる。何故か、自分が同じくらいの大きさになって見つめ合った感覚が浮かんできて、ルキアはかあっと頬が熱くなる。

何故そんな妄想をしてしまうのだろう。

赤味を帯びた琥珀のような黄金色の瞳にじっと見つめられると、動悸が止まらない。

「なあ、俺のこと好きだろう？」

——！　やっぱり、覚えられてる。

恥ずかしさでもっと身体が小さくなってしまいそうだ。けれど、否定できない。

「……う、ん」

「見つからないところまで迎えに行くから、また来いよ」

会いたいんだ……と低く心地よい声で囁《ささや》かれる。ストレートで熱っぽい懇願に、ルキアは言葉の半分も頭に入らなかった。

「うん……」

——ああどうしよう。胸が苦しい。

会いたいという言葉が、耳の奥をくすぐる。気恥ずかしいのにグランドを見つめてしまって、頬にもらったキスに舞い上がってしまう。

「また……また、くるね」

頬を薔薇色に染めながら、ドラセナに乗せてもらって小さく手を振る。

——グランド……。

胸いっぱいなまま、急かすドラセナに運ばれて、ルキアはノヴァリスの部屋に戻った。

「……」

ノヴァリスはもう政務に出ていて、部屋にはいなかった。ノニアは何処へ行っていたとも、何をしていたとも問わず、ただ咎めるような目をして、酒臭くなった服を脱ぐように言う。

「洗っておくから、乾くまでこれ着てて」

「はい……」

かぎ裂きだらけのピンク色のドレスを渡され、ルキアは大人しくベッド代わりのかごに収まった。お姫様のふりはもうしないと決めたから、この恰好で庭に出ることはしたくない。それよりまず、顔がにやけていて、人に見せられたものではないのだ。

――……ぼく、ぼく……ゆうべ………。

誰もいなくなった部屋で、ルキアはまだ疼《うず》く胸を押さえる。時間が経つほど、色々なことを思い出してドキドキしてしまう。

――グランドさんとキスしちゃった………。

頬にもらう親愛のしるしとは違うキスだ。酒と薔薇の香りが入り混じった中で、何度もグランドの唇にキスした記憶がある。

「うわあ………」

恥ずかしくて死にそうだ。ルキアはハンカチの布団を頭から被って、ジタバタと悶《もだ》えた。

けれど、誰かを好きになったのも、誰かから好きだと言われたのも初めてだ。

幸せで、嬉しくて、顔がおかしな具合に緩くなる。

——〝好き〟だって……。

愛とか恋とか、他人が話すのを聞くことはあるが、自分に手が届くものだと考えたことがなかった。

——〝会いたい〟って、言われちゃった。

「キャー♡」

甦るグランドの姿に、ひとりで照れてしまう。

——早く夜にならないかな。

日が暮れるのが待ちきれない。またこっそりグランドのところに行って、そして手のひらに乗せてもらって、あの体温を感じながらたくさん話をするのだ。

どんなに楽しいだろう。

またキスしてもらえたりするのだろうか。

「は……そ、そんなやらしいこと……」

暴走する妄想に、ルキアは熱い頬を両手で押さえた。けれど、膨らんでいく夢が止まらない。

一緒にお茶を楽しんだり、服を作ったりするのかもしれない。薔薇の庭にも、一緒に行けるだろう。

グランドと過ごす日々に胸をときめかせ、そしてふとその先をどうにも想像できなくなって、我に返った。

——……そのあと、どうするんだろう……。

好きだと伝えた。そして好きだと返してもらった。けれど、自分たちは男女のように結ばれる間柄ではないのだ。

——そもそもグランドは人間で、ぼくは妖精で……。

気持ちが通じ合ったとしても、そこから先は何も進むはずがない。

種族が違うだけではない、同性で、そしてこのサイズ差だ。

障壁の多さに、ルキアは茫然として半身を起こした。上掛けを頭に被ったまま窓の外を見ると、薔薇たちは青空の下で美しく咲き乱れている。

「……なれるわけないんだ」

花から生まれたという〝おやゆび姫〟は、結局最後に花の国の王子と結ばれた。

花に属する者は、花の世界に戻る。ノヴァリスは他にも色々な物語を教えてくれたけれど、人間とそれ以外の生き物は、たいてい悲運な恋をして終わる。

——ぼくがずっと人間の世界にいたとしても、人間にはなれない。

冷静に考えるほど、絶対無理だと思えてくる。

——王子様は、お姫様と恋をするものだもの……。

被っていた上掛けをずり落とし、ルキアはかぎ裂きだらけのピンクのドレスを見つめた。

「王子と王子なんて……」

浮かれた分、落胆が大きい。ルキアは力なく呟いた。

「本当に〝おやゆび姫〟だったらよかったのに」

つぎはぎだらけのドレスが、成り損なった自分をあらわしているように見えてしまう。

――どうして、姉上たちのようになれないんだろうなあ。

結界の外に出たのが姉だったら、もしグランドに出会ったのが姉のうちのどちらかだったら、たとえ人間と妖精でも、おとぎ話のように結ばれたかもしれない。

自分だから、駄目だったのかもしれない……そう思えてしまった。

自分は、力もなく小さく、そして姉たちのような女性でもない。

「……ぼく」

もし、おやゆび姫が王子様だったら、きっと花の王子とは友人にしかならなかっただろう。

――やっぱり、ぼくじゃ駄目なんだ。

窓の向こうの庭が眩しい。ルキアはもう一度かごの中に蹲った。

いつの間にか夕陽が部屋に差し込んでいた。空はぼんやりと紫色に暮れていき、ノニアが明かりを置きに来る。

「ルキア？　起きてる？」

「……うん」

ノニアは乾かした服を持ってきてくれた。グランドと作ったピンク色に銀刺繍の服だ。ノニアはサイドテーブルの脇に低いスツールを持ってきて腰かけた。

「着替えておいて。ノヴァリス様が、今夜あなたを舞踏会に連れていくそうだから」

「舞踏会？」

ノニアが渋い顔で頷く。薔薇城で舞踏会というと、花々が集まって踊るにぎやかな場なのだが、それと同じようなものだろうか。

「グランド様のお誕生日のお祝いなの」

ノヴァリスが主催で、主《おも》だった貴族たちが登城してくるのだと言う。

「第二王子ですもの。ご領地から帰ってきているんだから、お祝いをしないわけにはいかないわ」

ルキアは、本当にお人好しなんだから……と嫌そうな顔をするノニアを見上げた。

傷心の身に、グランドへの悪口は辛い。せめて、グランドへの誤解だけでも解きたい。

「ノヴァリスは、グランドさんのことが好きだからお祝いしたいんだと思うよ」

ふたりは決して不仲ではない、と説明する。

「小さい頃から、仲良かったって教えてもらったもの」

「……」

「ドラセナもベロニカもそう言ってたよ」

ノニアはちらりと寝台の上の猫を見る。

「グランドさんを悪く言う人も、ノヴァリスを悪く言う人も、きっとそのことを知らないんだよ」

ふたりが王妃の元で仲良く暮らしていた頃のことは、誰も知らないのかと問うと、ノニアは口ごもった。

「王妃様が亡くなられたのは十年も前のことよ。私が勤め始めるずっと前だわ」

「じゃあ、知らなくてもしょうがないか」

ルキアもしゅんとした。ドラセナとベロニカが伸びをして、とん、と床に下り、ノニアはその背を撫でた。

「……ルキア、猫とも話せるの？」

「うん」

「この子たちの母猫は、王妃様が飼ってらした猫なんですって」

「うん。そうだって言ってた」

「……この子たちは、ノヴァリス様とグランド様が一緒に暮らしていた頃を、知ってるのよね」

「うん」

ノニアは黙っている。ドラセナは〝まったくこの小娘は〟と文句を言っているけれど、きっとノニアにはわからないだろうと思う。

「舞踏会に連れていってもらえるのなら、ぼく、ふたりが仲良しなんだって、みんなにわかってもらえるように頑張るよ」

「ルキア……」

兄弟なのに、お互いを悪く言われているなんて、おかしなことだと思う。

――庭では、ふたりとも普通に話してるのに……。

グランドもノヴァリスも、まずお互いのことを真っ先に心配している。ただ、周囲が誤解しているだけなのだ。

――ぼくでできることがあるなら、お手伝いしたい。

人間ではない自分に、それも迷子でお世話になっている分際で、偉そうなことは言えないけれど、せめて、何かの役に立ちたい。

「ノニアにも納得してもらえるように、頑張るから」

そう言うと、ノニアは苦笑した。

「ルキアがそこまで言うんだから、ちょっとは考え直すわよ」

妖精は嘘なんかつかないでしょ、とようやく笑ってくれて、ルキアは心のつかえが一つ取れた。

そして、夜空に星が瞬《またた》き始めた頃、ノヴァリスが部屋に戻ってきた。

◆◆◆

ノヴァリスは夜会用に服装を整え直してから、舞踏会の話をしてくれた。

「ぜひ出席してほしいんだ」

どうかな、とやさしい笑みで語りかけられる。ルキアはサイドテーブルの上でうん、うんと頷いた。

「ありがとう……、きっと喜ぶよ」

誰がと問う前に、ノヴァリスが寝台に腰かけてルキアに向き合った。

「グランドのそばに居てあげてほしいんだ」

「ノヴァリス……」

昨夜どこへ行ったとも、誰に会ったとも言っていないのに、ノヴァリスにはちゃんと察しがついていたようだ。

寝台の上では、ドラセナとベロニカが薄目を開けている。ノヴァリスは穏やかな声で言った。

「あの子はね、ああ見えてけっこう寂しがり屋なんだよ」

ノヴァリスは懐かしむような目をする。

「私とグランドは三つ違いなんだ」

幼い頃は、まだ文字も読めないのに、兄の学習に一緒に付いて行くのだと言い張ってきかなかったらしい。

「どこにでも一緒に来たがって、泣きべそで追いかけてくるんだ……それが可愛くて」

兄と一緒に居たいがために、乗馬も剣も、まだ身体ができていないうちからやりたがった。

ノヴァリスが思い出して苦笑する。

「そのせいで、グランドのほうがどんどん上達してしまったけれどね」

学問も武術も、負けず嫌いのグランドのほうがいつの間にか追い抜いていったと言う。

「才気があるし、自信に満ちているから強そうに見えるけれど、でも本当は繊細《せんさい》で人懐こいんだ。だから、親しい人の少ないこの城の生活は、きっと寂しいと思う」

そう言うとグランドがドラセナのほうを向いてその頭を撫でる。

「でも……」

グランドは逆に、〝お前はノヴァリスのところに居たほうがいい〟と言っていたのだ。

薔薇王との伝説は、王家だけでなく貴族たちも知っている。だから薔薇王の息子であるルキアは、王太子のところに居るべきだと諭された。確かに、ノニアなどはグランドが誘拐したと言い張るほどそうしたことを気にしている。

薔薇の妖精が二王子のどちらのもとに居るか。それが体面とか権威とかに関わるというのなら、やはりノヴァリスのところに居るべきではないかと思う。ルキアがそのことを話すと、ノヴァリスはやんわりと首を振った。

「意味はないよ。私やグランドに文句を言いたい人は、君がどちらに居ても、やはり難癖をつける」

そこには、若い王子たちが執政の座にいることへの不満もあるのだと言う。

「父の代から仕えている貴族たちからすれば、私たちはまだヒヨコなんだよ」

だから色々と口出しをするし、若輩者の言うことには否定的だ。

「私を推してくれる人たちは、私が父の路線を踏襲しているから選んでくれているんだ。もし、私がグランドのように新しい案を言い出したら、とたんに離れていってしまうだろう」

見慣れたもの、前例のある安心感が好きなだけで、ノヴァリス本人を好んでいるわけではないのだと言う。

「こういう宮廷で、非難を恐れずに革新的な提案をするグランドは、素晴らしい為政者《いせいしゃ》なんだよ。私は、彼こそが薔薇の王子と一緒に居るべきだと思う」

ノヴァリスは、白くてきれいな指で、ルキアの手を取った。

「もちろん、私は王太子としての責務を投げ出すつもりはないよ。私は私なりに頑張る。ただ、私に遠慮してグランドから離れるのは、やめてほしいんだ」

「ノヴァリス……」

「約束しておくれ。薔薇の王が約束してくれたように、私の弟をどうか守ってやってほしい」

薔薇の王は、王宮の庭を人間が守る代わりに、この国の薔薇をどこよりも美しく咲かせると誓った。

きっと、父や姉たちなら、人間と約定を交わせるのだろう。けれど、未熟な自分にはどうやってその約束を結べばいいのかすらわからない。

本当はできない。ノヴァリスが思うほど、自分はちゃんとした〝王子〟ではないのだ。頷いても、それはただの口約束でしかない。けれど、ルキアはそれを言い出せなかった。

「うん」

「ありがとう……」

向けられる信頼の眼差しが心苦しい。また、見栄を張って恰好をつけてしまった。

「さあ、では舞踏会に行こうか」

後ろめたさを隠したまま、ルキアは頷いてノヴァリスのポケットに入れてもらった。


——わあ……すごい……。

城の大広間は、薔薇城さながらの華やかさだった。

きらきらと蠟燭の炎を反射させるシャンデリア。灯りを何倍も輝かせる鏡張りの壁。白いマーブル模様の大理石も、鏡のように光を散乱させて、まるで昼間のようだ。ルキアはポケットから顔を覗かせ、人々が笑いさざめいている舞踏会場を見上げる。

「ノヴァリス殿下、御《お》成《な》り！」

声高らかに出座を告げられ、華やかなドレスやジャケットを着た紳士淑女たちがざっと左右に分かれて路を開ける。奥のほうでは楽団が華やいだ曲を奏でていた。

ピンクやオレンジ、モスキーグリーンのドレスは、裾が膨らんでいて、レースやフリルがたっぷり取られたものだ。髪を結い上げ、美しい織の扇《せん》子《す》を手にした女性たちは、あらわれた王子に微笑みを向け、そしてポケットから顔を出している妖精に驚いている。

「まあ、何かしら」

「あら、もしかしてあれが噂の……」

女性に負けず劣らず華やかな服装をしている青年貴族たちも興味津々だ。ノヴァリスはその視線を充分認識してから、ポケットに手を差し伸べた。

「さあ、ルキア……」

手のひらに乗せてもらう。会場の中央には既にグランドがいて、ノヴァリスは真っすぐ弟のところに歩み寄った。

――グランドさん、かっこいい……。

黒い正装なのかと思ったら、光の加減で深紫にも見える布でできている。胸元を開け気味にしているのに着崩れた印象がなく、むしろ精悍《せいかん》さに艶が添えられたような感じだ。ルキアは思わず見つめながら、その周囲に群がっている貴族の令嬢たちを気にしてしまう。

——きれいな女の人ばっかりだ。

あでやかな衣装、可愛らしい装いの姫君……中には姉と張り合えそうなほどの美女も見える。ルキアは現実を突きつけられて、グランドを直視できなくなった。

——ぼくなんか……とても……。

好きという言葉に有頂天になった自分が恥ずかしい。周囲から聞こえる〝可愛い〟という言葉も、今は褒め言葉に聞こえない。

——やっぱり、小さいのは駄目なんだ。

比較にならない。グランドを取り巻いている美女たちと自分とでは、違いすぎる。けれど、落ち込むルキアをよそに、ノヴァリスはにこやかに弟の前に立った。

「誕生日おめでとう」

そしてルキアを乗せた手をすっと差し出す。

「薔薇の妖精も、君の誕生日を祝ってくれている」

「ノヴァリス……」

ノヴァリスの言葉に、周囲がざわざわする。ノヴァリスは、敢えて出席者たちに見えるようにグランドと並んだ。

「彼は、薔薇の庭に住む薔薇の王子です」

挨拶をしてくれる？　と促され、ルキアは手のひらの上で両手を揃えてぺこりと頭を下げた。

「ルキアといいます」

まあ、と会場のあちらこちらから感嘆の声が上がった。素敵、という声とともに、やっぱりとか、あれが……とか聞こえてくるから、噂になっていたのだなと思う。自分を見つめる人々を見渡し、ルキアは初めて、人間の世界における王子の地位を実感した。

　部屋や庭にいるノヴァリスたちしか見ていなかった。だから、気さくで身近に感じていたけれど、彼らはこんなにたくさんの人々の上に立っているのだ。

　――父上や姉上たちと同じなんだ。

　人々の注目を集めると同時に、責任も重圧もある。部屋で見せるくつろいだ姿は、本当にプライベートな部分だったのだと、改めて思う。

　ノヴァリスがさりげなくグランドのほうへ行けと手を差し向けた。けれど、グランドは困惑した顔をしていて手を出さない。ノヴァリスが弟の手を取って、どうにかルキアが移動できるようにした。

　ノヴァリスは会場を見渡すように笑みを向ける。

「薔薇の妖精が祝福してくれるとは、とてもめでたい誕生日になりました」

　グランド王子に乾杯を、とノヴァリスが告げると、壁際に控えていた給仕たちが盆に載せたグラスを次々と配り始め、祝福の声とともにグラスがかち合う音が響く。

　そして音楽がひときわ高く鳴り響き、舞踏が始まった。華やぎの中で、ノヴァリスはグランドに笑みを向けると、では、と言って離れていってしまう。ルキアは、すんなりグランドの手に渡されたたまま成り行きを見守るしかない。

他の貴族たちと次々に談笑を交わして遠ざかるノヴァリス。祝いの挨拶をしようと集まってくる貴族たちに取り囲まれるグランド。そして妖精見たさに次々と近づいてくる女性たちに遮られ、三人とも、互いに話すことはできなかった。

ルキアは、可愛いと褒めそやす女性たちに応えながら、ノヴァリスが何故こんなやり方で自分を送り出したのかを理解した。

――グランドさんを、悪者にしないようにしたんだ……。

自分が思っていた以上に、〝ノヴァリス王子のところに薔薇の妖精がいる〟という情報は知れ渡っていた。もしこれで、こっそりグランドのところに行ってしまったら、きっとそれも誤解を増長するのだろう。ノニアが思い込んだように〝グランドが兄の妖精を奪った〟と受け取られかねない。

だから、公式の場で薔薇の妖精が誰のところに居るかを、はっきりさせたのだと思う。

――……グランドさんに会えるのは、嬉しいけど。

こんなに難しいことになってしまうのだ。そして、ノヴァリスが配慮に配慮を重ねてこの場を作ってくれたことに、申し訳ない気がしてしまう。

「妖精さん、どうしてお庭から出てきてくださったの？」

「あ、あの……それは」

「俺が庭で拾ってしまったんだ」

「まあ、殿下が？」

グランドが、質問責めの状態から庇ってくれる。ふたりとも注目を集めているし、特に主賓のグランドはなかなかその場を去ることができない。グランドの自室に戻ることができたのは、宴《うたげ》がお開きになった深夜だった。

◆◆◆

グランドはルキアを連れて自室に戻った。

ルキアは何も言わないが、表情は明るくない。グランドはそれが気がかりだった。

無理やりこちらに引き渡されたのではないだろうか。ノヴァリスの配慮は察しがついたのだが、ルキアの浮かない顔が心配だ。

頬を染めて好きだと言ってくれたのに、今はあのきらきらした感じが消えている。

「どうして、舞踏会に出ることになったんだ？」

そっとサイドテーブルに置いて尋ねると、ルキアは経緯を話してくれた。

「ノヴァリスが……」

「うん」

――あのバカ……。

何が〝寂しがり屋〟だ、と気恥ずかしさに顔をしかめる。

「強がりやがって……寂しがりはお前だろうが」

王妃の猫だって、親子三匹とも引き取ったくらいだ。自分でも、こんなに可愛いルキアが出迎えてくれなくなった部屋を想像するだけで、どんなに寂しくなるか想像できる。

「……ぼく、来ないほうがよかったですか」

「いや。嬉しいんだ。だが、ノヴァリスもきっと、お前に居てほしかっただろうと思ってな」

「うん……」

ルキアを寄越してくれたのは嬉しい。譲りたくはない。けれど、兄の気持ちを考えると複雑だ。考え込んでいると、ルキアが提案してくる。

「グランドさんも一緒に、ノヴァリスのところに遊びに行くのはどうですか」

ノヴァリスには〝いつでも遊びにおいで〟と言われているのだそうだ。ルキアは自分ひとりで行くのではなく、ふたりで行けば兄弟の不仲説も払拭できるのではないかと言う。

「悪い案ではないが、ノヴァリスはきっとお前だけに来てほしいと思うぞ」

「そうかなあ」

ノヴァリスまでルキアに恋をするとは思いたくないが、気に入っているのは確かだ。目の前で弟といちゃいちゃされたら面白いわけがない。

自分だって、ルキアがノヴァリスに懐いているところを見るのは嫌だ。

「それにな、ノヴァリスは俺を避けているんだ」

「え……」

上着を脱ぎ、寝台に腰かける。グランドはテーブルに用意されていたグラスにワインを注ぎながら言った。結局、舞踏会では祝いを言いに来る相手が途切れず、ほとんど飲めていない。

「本当なんだ。別に、嫌ってるわけではないと思うけどな」

はっきりいつから、というものではなかったが、ノヴァリスはあまり心の中を話してくれなくなった。

「強《し》いて言えば、俺が領地をもらった辺りからかな……」

父王が離宮に隠居し始めて、政務は世継ぎのノヴァリスに任された。

「はじめの頃は、親父も様子を見にきていたんだがな。大丈夫だと判断したんだろう。安心して本格的に隠居したんだ」

ところが若い王子たちだけになると、とたんに大貴族たちがあれこれ小細工をし出した。

「特に俺の母方の叔父が強烈でな……俺もまだ若造すぎて、叔父貴の包囲網を崩せなかった」

廃嫡に追い込もうと仕掛けてくる叔父に弱気になった兄を案じて、グランドは領地をもらって城を出る策を取った。不仲説が出ているのはこの辺りが原因だと思う。

喧嘩《けんか》をしたわけではない。けれど、ふたりには物理的な距離ができた。

「半年に一度、城に帰ってくるんだが、いつの間にかノヴァリスには立ち入れない壁のようなものを感じていた」

城を空ける期間が長いと、宮廷の内情はよくわからなくなる。

「居ない間の状況をノヴァリスに聞いておきたいんだが、執政が上手くいっていないのを尋問するようで、気がひけてな……通り一辺の説明で納得するしかない」

仮にも兄だ。小姑《こじゅうと》のように政務の成果を聞き出し、それを批評するのは僭越《せんえつ》だろうと思う。だから兄にも突っ込んでは聞けないし、他の貴族たちに事情を聞いて回ることもできない。自然と、貴族たちとの関わりも薄くなっていった。

「……本当は、親父にでも聞けばいいのかもしれないが」

帰城するたび、一応挨拶には行っている。けれど、不仲説を払拭したくて兄と三人でしか会っていない。その時のノヴァリスの表情を見るたびに、父に抜け駆けで会ってはいけないという気持ちになる。

——親父は知らないんだろうな。

会議の紛糾ぶりからすれば、貴族たちを抑えられていないのは明白だ。けれど、ノヴァリスが父の前でそうした話をするのを見たことがない。あまり詳しくはわからないが、もしかすると、自分のいない時も父にはそうした揉め事を報せていないのではないかと思うのだ。

平時ならそれでもいいだろう。いずれ、ノヴァリスにもう少し貫禄《かんろく》がつくようになれば、自然と納まるべきところに納まるかもしれない。だが、今は隣国との状況が予断を許さない。

——俺が、親父に確かめたほうがいいんだろうか。

宮廷内の状況を把握したうえで、敢えて突き放しているのなら口出しはしない。けれどももし、ノヴァリスが耳障りのよい報告だけをしているとしたら……。

——だが、それでももし俺の余計な行動がノヴァリスのプライドを壊したら……。

弟に、上手くいっていない政治の告げ口をされてしまうのだ。父が乗り出してきたら、それこそノヴァリスの面子《めんつ》は丸つぶれだろう。

地方の一領主になる道を選んだのは自分の意志だ。今さら出しゃばって、兄の地位を脅かす真似《まね》はしたくない……考えはいつも堂々巡りになって、歯がゆい思いを抱えたまま動けずにいる。

考え込み、心配そうなルキアに気付いてグランドは苦笑した。

「すまないな……気を遣わせて」

「ううん……」

「お前の言う通り、俺がもっとノヴァリスの懐に入っていってしまえばいいのかもしれない」

あれこれ腹を探るより、本音を聞けたら、こんな微妙な距離感はなくなるのかもしれない。そう考えると、ルキアをこちらに寄越してくれたのは、いいきっかけのような気がしないでもない。

「今度、お前があちらに行く時に、しれっと付いていってみよう」

グランドはグラスをテーブルに置き、文鎮にちょこんと座るルキアのつむじを指で撫でた。

「ありがとな……」

照れたように笑うルキアを見るとほっとする。少し暗い感じがしたのは、気のせいだったのかもしれない。グランドは着替えるために寝台から離れた。

クローゼットを開け、ガウンを取り出す。領地からはじいやだけを連れてきているので、基本的に身の回りのことは自分でする方針だ。それに、あまり周りに従者を置かないのは、自立を尊ぶ親の教育理念でもある。

脱いだ上着をしまい、ゆったりしたガウンを羽織ったあたりで、背後から急にルキアの声がした。

「わあ」

「ルキア！」

振り向くと、ルキアがワイングラスの中に落ちている。グランドは慌てて駆け寄り、赤く染まったルキアを摘まみ上げた。

「大丈夫か？」

「……うん」

ワインまみれで、銀色の髪からも赤い滴がしたたっている。グランドはじいやを呼んで、湯を用意させた。

「あまり熱くしないでティーポットに入れてきてくれ。茶器も一緒に」

「かしこまりました。すぐに」

ぽたぽたワインを垂らしているルキアを布でくるむ。ルキアはしょぼんとした顔で謝ってばかりだ。

「ごめんなさい」

「いや、怪我《けが》がなくてよかった」

ワイングラスは持ち手の部分が細い。ルキアが入った重みでバランスが崩れたら、倒れて割れた可能性もあるのだ。

しかしそもそも、どうしてグラスの中に落ちたのだろうと視線をやると、ワイングラスの横に文鎮が寄せてあった。ルキアが自分でグラスの縁に登ったのだ。

「お待たせいたしました」

じいやはすぐにワゴンでティーポットとカップを運んできた。

「ちょうど、用意していた湯が残っておりましたので」

サイドテーブルに真新しいソーサーとカップが置かれ、じいやが温度を確かめながら湯を注いでいる。グランドはワインに染まった服を脱がそうとして、ルキアに抵抗された。

「いいから脱げ。ワインでベタベタだろ」

「だ、だって……」

　恥ずかしいのだと言う。

「お前のフルチンなんかとっくに見てる」

「そ……なんてこと言うの……グランドさんのバカ！」

「何がバカだ。脱げって」

「わっ……、やっ……やだ、ぁ……もう」

　涙目のルキアから服を剝《は》ぎ取ろうとしていると、湯を注ぎ終えたじいやが苦笑しながら近づく。

「ルキア様、お召し物は早めに染み抜きしませんと、色が取れません。洗っておきますので、どうぞお貸しください」

「……」

「お湯加減は、ちょうどよいかと思います」

　温かいですよ……と穏やかに促され、ルキアはようやくこそこそと服を脱いで手渡した。だが、じいやが服を持って出ていって、ふたりきりになってもまだ注文してくる。

「グランドさん、こっち見ないでね」

「バカ。見るわ……」

「やだったら！」

「見ないで入れられるわけないだろ」

「わ……まって、まって」

くるんだ布からそっとティーカップにルキアを入れたのだが、ルキアは〝お湯だ！〟と驚いている。

――あ、そうか……。

ルキアが複雑な顔をして見上げてきた。

「妖精の世界って、もしかして風呂はないのか」

「……お湯のは、ないです」

「だよな……」

川や雨、朝露くらいしか知らなかったら、風呂は驚くだろう。グランドはサイドテーブルの向かいにある寝台に腰かけ、ルキアと目線を合わせた。

「悪かったな。熱いのは、嫌だったか？」

ルキアはティーカップの縁に両手で摑まっていて、顔を赤らめたまま首を横に振った。

「ううん……」

あったかくて気持ちいい……と小さく呟く。グランドは内心でほっとして、ポットを手に取った。

「髪もワインでベタベタだろ……洗っちゃえよ」

「わ……」

頭の上から湯を注ぎ落とす。ルキアは驚いていたが、滝のような適温の湯に、楽しそうにはしゃぎ始めた。

笑うルキアが可愛い。ルキアが無邪気に喜んでいるとほっとする。

「お湯がこぼれちゃうよ」

「かまうもんか」

「わ……わあ、あはは……」

カップの中で笑い転げるルキアの頭や背中に湯をかける。溢れた湯はティーソーサーからもしたたり落ち、サイドテーブルから床にこぼれた。

「怒られちゃうよ」

「あとで拭けばいい」

湯気が、ルキアの白い身体をやわらかく包んでいる。ワインで赤味を帯びていたプラチナブロンドは、流れ落ちる湯でふわっと絹のような光沢を甦らせた。

「ふああ……あったかい……」

「人間の風呂も、悪くないだろう？」

「うん！」

すっかり慣れて、ルキアはカップの縁に腕を乗せてもたれかかっている。ほわんと緩んだ顔をしたルキアに、グランドはさりげなく聞いてみた。

「なんでワインなんかに突っ込んだんだ？」

偶然落ちたはずはない。目を合わせると、ルキアはしどろもどろになって視線を逸らす。

「怒らないから、言えよ」

「……お酒を飲んで、酔っぱらったら……あの……その……昨日みたいに、なれるかな、と思って」

――……。

「グランドさんも飲んでたから……」

俯き加減に言うルキアに顔を近づけ、指でそっと顎を取って顔を上げさせる。

「グランドさん……」

「昨日みたいに、キスしていいってことか？」

真っ赤になった顔が、肯定している。グランドはクスリと笑う。

「酒の力なんか借りなくたって、いくらでもできるだろう」

むしろ、酒の蛮行を呆《あき》れないでいてくれたことが嬉しい。濡れた髪に指で触れ、そっと顔を近づけようとしたら、ルキアが泣きそうな顔をしながら手で押しとどめてくる。

「でも……」

なんだろう。口を引き結んだルキアを促すと、ルキアは瞳に涙を盛り上がらせて小さく言った。

「ぼくは、人間じゃないし」

「人間じゃないと、好きになっちゃいけないのか？」

涙でうるんだ瞳が見上げてくる。

「でも、女の子でもないよ」

「別に、男同士だっていいじゃないか」

「いいの!?」

ルキアがびっくりしている。まあ、手放しでいいとは言えないだろうが、致命的に駄目だと言うわけではない。男色は、それなりにある恋愛の一種だ。

「王子と王子だよ？」

結ばれない……とルキアは心配そうな顔をするけれど、グランドとしては、むしろそれを真剣に考えてくれたことのほうが嬉しかった。

精悍さの滲《にじ》む笑みを向け、ルキアの瞳からこぼれた涙を指で拭ってやる。

「妖精の世界はどうなのか知らないが人間は男女とか異種とか関係なく、好きになることがある。どちらかというと、お前が男か女かなんて、妖精か人間かに比べたら、大したことじゃない」

「でも……」

「まだあるのか」

ルキアは浮かない顔だ。この際だから全部言えと迫ると、ルキアはようやく口を開いた。

「ぼく……こんなに小さいし……」

湯舟を見つめているルキアの顔は、いつになく深刻だった。

「ずっと、〝いつか姉上たちのようになれる〟って……ならなきゃ、って思って頑張ってきたけど」

新しい涙がぽとりと湯舟に波紋を広げた。

「………だめかもしれない……」

「ルキア……」

「本当はずっと、もしかしたら駄目なのかもしれないって思ってた」

とっくに成人すべき時期を越えているのだと言う。

「全部の花が、咲くわけじゃない……蕾のまま、花弁が開かずに終わるものも、あるから」

ルキアの声が詰まる。

ほとんどの花はちゃんと開花する。けれど、自分がその万に一つの〝開かない花〟だったら……。

ルキアはその可能性を心配しながら、努めてそのことを考えないようにしようとしていたのだと言う。

「だって、ぼくは薔薇王の息子だから……〝できない〟なんて、あってはいけないことだから」

「……」

「でも、ぼくは薔薇城にも帰れない。帰り道もわからないほど力がなくて……だから、ぼくはずっとこのままなのかもしれない」

こんなこと、考えちゃいけないんだけど……と言い、ルキアはぐしっと手の甲で涙を拭った。

「……ごめんなさい。泣きごと言っちゃいけないのに」

「お前は、ちゃんと大きくなっただろう」

「え……」

目を覚ましたらあっという間に戻ってしまったけれど、確かにあの時、ルキアはごく普通の人間の大きさになっていた。

「覚えていないのか？」

驚いて固まっているルキアに問う。

「……幻覚かな……って……」

大きくなったサイズ感で、自分と目が合った記憶はあるらしい。グランドはそっと笑って小さなつむじを掻き混ぜた。

「現実だよ。大きくなったお前は、絶世の美少年だったぞ？」

「グランドさん」

成長したルキアは魅力的だった。抱きしめるならあのサイズのほうがいいのだろう。

「もちろん、お前は大きくなりたいんだから、なれるならそのほうがいいだろう。あれは確かに俺の好みでもある……けど、俺はあの時、小さなお前のほうがいいなと思ったんだ」

僅差《きんさ》だけどな……とからかう。ルキアは瞬きもせずにグランドを見ていた。

「本当……？」

「ああ、本当だ」

「だって」

不安そうなルキアの頬を指で突く。

「大きさじゃないんだ。小さいから愛せないなら、そもそも妖精を愛したりしないだろう？」

美女ならいくらでもいる。言い寄ってくる相手には事欠かなかった。けれど、自分の心を掴んだのは見た目ではないのだ。

グランドは苦笑する。

「なんだろうな……お前はちんちくりんで抱きしめることもできないのに、ずっとそばに居たいんだ」

「グランドさん……」

一緒にたわいもないことを共有したい。ルキアの笑う顔を見ていたい。

「もし、お前が蕾のまま終わる妖精だったらそれでもいい。花として開かなくても、俺が一生守ってやる。だから、俺のところに居ろよ」

まるで誓いのキスのように、ルキアの唇に唇で触れた。

そして、次の瞬間に不思議な重さがかかって、グランドは思わず後ろに身体を倒した。

◆◆◆

「ん………」

グランドにキスされた。

頭の中がふわふわしている。浸《つ》かったお湯があったかいせいかもしれない。グランドの心地よく低い声のせいかもしれない。

《俺のところに居ろよ》

——いいの？　ぼくは小っちゃくて役に立たないよ？

何度も確かめたくなる。けれど、言葉より触れてくる唇のほうが、ずっと雄弁に自分を支えてくれるのだ。

眼差しからも唇からも愛情が伝わってくる。ルキアは縮こまっていた身体が緩んでいくのを感じた。怯えなくていい。恋が叶わないかもしれないと悲しむ必要もないし、咲き損なった花ではないかと悩まなくてもいいのだ。

もし薔薇城に帰れなくても、グランドがずっと一緒にいてくれる。未来の自分ではなく、今の自分を受け入れてくれる人がいる……。包まれた手に安心して身を委ね、ようやっと心のままに手を伸ばすことができた。

――グランドさん……。

好きでいていいのだ。だから、大好きな相手をぎゅっと抱きしめたい。

そして、気が付いたらその望みが叶っていた。

頬に手を伸ばしたつもりだったのに、何か感触が違うと思ったらグランドの肩を摑んでいて、グランドが、膝に乗り上げた自分を支えてくれている。

「……ぁ………」

目を開けると、グランドが琥珀のような瞳で苦笑していた。

「ほら、大きくなれたじゃないか」

「……ぼく………」

何も変化は感じなかった。けれど、あれほど大きく見えていたグランドが、すぐ目の前にいる。どうしても不思議で、ルキアは何度も確かめるようにグランドの頬や首に手を伸ばして触れた。

「……ほんとだ」

――すごい………。

こんな大きさになったことはなかった。

やっぱりグランドのほうが大きいのだが、グランドに触れることで、自分も人間のサイズになれたのだと実感する。そして、触れれば触れるほどグランドへの気持ちが迫《せ》り上がって、どうにもならなかった。

衝動を抑えきれずに、首元に頬を擦り付け、グランドの胴を抱きしめる。グランドの逞しい腕がルキアの背中を抱きしめ返してくれて、頭上からは苦笑する気配がした。

「お前、これは反則だろ……」

「……？」

グランドは笑っているけれど、拒んだりはしなかった。ぎゅうぎゅう抱きしめると、宥めるように背中や頭を撫でてくれる。伸び上がるとおでこや鼻にキスしてくれて、その唇はゆっくりルキアの唇に下りてきた。

――ああ気持ちいい………。

肉感的な唇が、ルキアの唇を塞ぐ。ルキアは、自分がミニサイズだった時、グランドがどんなに慎重に接吻けていたかを理解した。

「ん……ふ……」

上唇をめくり上げられ、粘膜が触れ合う。音を立てて吸われ、いつの間にか顎から頬を大きな手で包まれて上向かされている。

「ん……ぁ……」

逃げようがないまま、角度を変えて接吻けが深くなり、口腔《こうこう》に熱い舌が入ってくる。悩ましい感触に、ルキアはぎゅっと目を瞑ってしまう。

「ん……ん……っ……」

――あたまが、蕩けちゃう……。

口の中がグランドの舌でいっぱいだ。舌でこすられると腰から尻までぞわりと快感が走り落ちる。もがくが、がっちり頭を抱えられていて、与えられる刺激から逃げられない。

「んっ、ん、んん…っ……んぁ」

甘苦しい感覚に浸されている。蠢《うごめ》く舌が頬を内側から嬲《なぶ》って、ルキアは湧き上がる快感に涙を滲ませた。疼きを逃がせなくてグランドの両肩をぎゅっと掴むと、その手を上から包まれる。

――あぁ……。

心臓がどくんと跳ね上がった。指の間をなぞるように愛撫《あいぶ》されて、唇を塞がれているのに甘い声がくぐもって上がる。

――どうしよう……。

下腹部がぎゅんと熱を持つ。じゅわっと染み出すような快感があって、けれどそれは熱くその場で疼いている。

「目を開けろ」

——グランドさん……。

ゆっくり唇を離され、熱い息を吐いていると、グランドの低い声が耳元で囁く。

「ちゃんと俺を見てくれ」

促されて目を開ける。けれど恥ずかしくて見ていられない。

目を逸らすと叱られた。

「さみしいだろ」

「グランドさん……」

「〝さん〟は禁止だ」

両手で頬を包まれ、見つめ合わざるを得ない。グランドは微かに笑った。

「ちゃんと俺を見ろよ。俺とキスしてるんだろう？」

「だって……」

「だって、なんだよ」

「……や、やらしい感じがして」

恥ずかしいのだ。自分とは思えないような声が漏れ、少なくとも自分の身体がおかしなことになっているのはわかる。だが、グランドはすっと色気のある目を眇めた。

「バカ……ふたりでやらしいことしてるんだ」

ちゅっと音を立てて唇を吸われる。そうされると、腰がゾクゾクする。グランドが不敵な笑みを見せた。

「俺と、うんと恥ずかしいことをするんだよ」

愛し合う時は、他の人には絶対に見せられない姿を、相手に晒すのだと言う。

繁殖の知識ならある。けれど同性でも結ばれるという人間の世界だと、何がどうなるのかはあまりよくわからない。

——でも、これって、グランドと〝愛し合える〟ってことなんだ……。

「うん……」

すでに裸で、だいぶ恥ずかしい恰好だ。確かに誰にも見せられないと思う。けれど、グランドには見られてもいい。ルキアはグランドの首に腕を回した。

「あの……へんな声とか出ちゃうかもしれないけど、笑わないでね」

「それはぜひ聞かせてくれ……」

恥ずかしいと言ったのに、笑って聞いてくれない。そしてグランドが、胴を抱えて座り直させるようにルキアを抱き寄せた。脚が開いてしまうから、これだけでも充分恥ずかしい。

「だいたいなあ、大きくなったら超絶に色気が増すとか、ずるいだろう」

人間サイズになると、目元や唇がやけに〝誘ってる〟らしい。そう言われても、鏡がないのでよくわからない。

「……グランドは、そういうの嫌い？」

ぐわん、と反転させられて寝台に沈められた。

「いや、好みだ」

「ぁ……」

齧りつくようなキスをされる。さっきよりずっと深く舌が入って掻き回され、ルキアは愉悦《ゆえつ》に涙をこぼした。

「ふ…んっ……ん、ん……」

――きもちいい……どうしよう……すごくきもちいい。

覆い被さるように重なった身体に、硬いものが当たっている。その熱さと猛《たけ》った感触に、訳もなく呼吸が乱れた。

「お前も、勃ってるんだな」

「ぁ…」

唇から頬へ、耳元へとグランドの唇が這い、耳朶《じだ》に悪戯《いたずら》のように歯を立てられる。吐息が耳を掠《かす》めて、ルキアは蕩けそうな息を吐いた。

「た……てるって……ぁ…ん……」

何がだろう……聞きたいが、身体がゾクゾクして思考がまとまらない。グランドが笑って硬く反り返ったものをルキアの脚の間に押し付けてきた。

「これだよ」

「ああ……っ」

いつの間にか、自分の身体もその場所に熱を孕《はら》んでいた。少しこすられただけで快感が頭のほうまで突き抜けてきて、ビクビクっと腰を浮かしてしまう。

「ぁ、ぁ…っん、こ、れ……」

グランドがふたつまとめて握り、ぐりぐりとこすり合わせる。痺《しび》れるような快感に、身体中の体液が溢れてしまいそうだ。半開きの唇から唾液が伝い、握られた先端からはじゅくじゅくと透明な滴がしたたる。ルキアは喘《あえ》ぎながらグランドの腕を掴み、その刺激を止めようと足搔《あが》いた。

「ぁぁ…や、ぁ…ぁんっ、やめ、て……ぁも、漏れ、ちゃう……」

「先っぽがもう濡れてるな」

「やだ……ぁ、や、ぁ…ぁん、んっ」

涙を滲ませて懇願する。けれどからかうグランドの声も艶を帯びていて、もがけばもがくほど煽《あお》られた。

「ぁ、出ちゃ……」

「出しちゃえよ」

腹の奥から激しい衝動が迫り上がって、抑えきれない。人前で粗相《そそう》だけはしたくないと、仰け反るほどの刺激を堪えたが、グランドは握った指で先端をぬるぬると撫でながら、屈み込んでルキアの胸元に唇を這わせる。

「ぁっ！」

舌先で小さな胸粒を弄《なぶ》る。あることさえ意識していなかった場所は、信じられないことに濡れた熱い感触にツキンと凝《しこ》り、身体の奥まで快感を伝えた。

「こんなところまで色づいてて、すげえやらしいな」

「あ……ぅ……」

　じゅっと吸われると、小さな粒は硬く屹立《きつりつ》して、僅かな刺激も感度よく伝えてくる。ルキアは尻まで震わせてその快感に耐えた。

　震える手で、引き剝がそうとグランドの髪を摑む。けれどそれは余計に吸い上げる強さを増させてしまい、ルキアは小さく悲鳴を上げて下芯を爆《は》ぜた。

「あぁっ！」

　視界が真っ白になる。口も利けないほど激しい快感が身体を突き抜けていって、ルキアはしばらく肩で息をしていた。

「……」

　我に返ると、別な意味で頭が真っ白になりそうだった。死ぬほど気持ちよかったが、漏らしたのだ。

　——ぼく……。

「み……見ないで……」

　半泣きで股間に手をやり、隠そうとしてその手を止められる。

「気持ちよかったんだろう？　隠すなよ」

「グランド……」

「誰でもそうなるんだから」

　グランドが野性味を増した顔をしている。難なく摑まれた手でグランドにそれを握らされ、ルキアは背徳感で奇妙に興奮した。

「ほら、な」

「……熱い……」

自分のものとは、似ても似つかない大きさだ。けれど、サイズこそ大幅に違うが、自分が同じ状態になっていたことはわかる。

「お前に触られると、興奮するな」

精悍な笑みを浮かべているが、身体はもっと正直に容積も硬度も増した。グランドが性的に興奮したのがわかる。

——これ……粗相とは違うんだ……。

植物も昆虫も基本は雌雄《しゆう》で次世代を繁殖させる。だからおおよそのことはわかるのだが、実際にその場を見たことはない。ルキアは、漏らしたと思ったものが精液だったことに気付いた。

——じゃあ、グランドのも、精液が出るんだ。

握っているものが精を吐き出すのだとわかったとたん、とてつもない羞恥《しゅうち》心《しん》が込み上げた。カーっと顔が赤く染まっていく。握った手を離せないまま、挙動不審になってしまう。

——うわあ……うわあ……なんてやらしいことを……。

動けないでいると、手を上から包まれて上下させられてしまう。しかもグランドが気持ちよさそうに太い息を吐く様子に、自分の身体も興奮してしまった。

「あ、あわ……わ……」

「俺のに触るのは嫌か？」

答えられないので、首をぶんぶん横に振る。すると背中に手を入れるようにして抱き起こされ、膝に乗せて座らされた。

抱きしめられながら、興奮した相手の身体を触っている。言葉通り、とても人には見せられないほど淫《みだ》らで恥ずかしいことをしている。

——でも……気持ちいい……。

相手も自分も、互いに触れて求め合っている。

——やらしいことを、ふたりでするんだ……。

グランドの言葉が甦って、ルキアは恥ずかしさを堪えながら小さく尋ねた。

「もっと……こうしたら、気持ちいい？」

グランドの気持ちよさそうな吐息を聞きたい。自分がされたように、その先端を指の腹で撫でると、お返しのように髪を掻き混ぜられた。

「ああ……気持ちいいな」

顔を覗き込むようにキスされる。

「お前がキスしてくれたら、もっと気持ちいい」

「……うん」

少し伸び上がるようにして唇を押し付け返す。脳みそまで蕩けてしまいそうなキスを思い返して、ルキアは舌を挿《さ》し入れた。

——熱い……。

グランドの口腔で、ルキアの舌は簡単に捕まえられて強く吸われる。接吻けを交わしているうちに、グランドの手が背中と腰を抱きかかえていた。ぴったりと密着して、その張り詰めた芯からはいつの間にか手が離れている。

「ん……っ………ん」

舌を捕らえられたまま、長い指が背中や尻を愛撫する。肌をなぞられる感触に、ルキアは甘い吐息を漏らした。

——すごく気持ちいい……。

身体中を確かめるように愛撫される。触れられると肌がざわめき、さっきとはまた別な昂《たかぶ》りが広がる。

身体の内側がウズウズする。グランドの感触が欲しくて、手を伸ばして肩や背中を触ってみるのだが、欲しい気持ちだけが迫り上がって、自分でも何をどうしたいのかわからない。

けれど身体が求めている。もっともっとグランドに触れられたくて、もっと強い何かが欲しい。

「ん……」

肌を密着させ、昂る呼吸になまめかしく背がしなる。喘ぐ息が空間に響き、上気した肌がしっとりとグランドの指を捕らえた。

「……やばいな」

グランドが不敵な笑みを見せる。

「あんまりがっつかないようにしようと思ってたんだが……」

「……？」

「我慢できないかもしれない」

試してみてもいいか……と囁かれて、ルキアは意味もわからず頷いた。

「痛かったら、言えよ」

「……うん」

グランドが再び頭をもたげていた小さな肉芯を撫で、さりげなくその愛撫を腿《もも》の奥へと忍ばせていく。巧みに鼠径部《そけいぶ》を刺激され、ルキアはグランドの首に腕を回したまま、陶酔したように熱い吐息を漏らし続けていた。

「気持ちいいか？」

「ん……すごく……きもちい……」

もっと触ってほしい。まるでその望みが聞こえたかのように、グランドは溜息をこぼした場所を何度も撫でる。いつの間にか、脚の力が抜けていて、グランドが片手で背中を支えてくれていないと、姿勢を保つこともできない。

「ん……ふ……んっ……ぁ」

——あ、そ……そんなとこ……。

「ちゃんと入るな」

くに……と指が秘所を撫で、さしたる違和感もなしに内襞《うちひだ》を掻く。指一本分の圧迫感は、痛いというより奇妙な気持ちよさを引き起こした。

「ぁ……」

中で動かされると、他人の指が身体の中にあるのを意識してしまって、恥ずかしさに頬が熱くなった。

「指に吸いついてくる」

「……や……ぁ、ん……動かさないで……ぁ」

「いい声だ」

からかうように囁かれて、ルキアはぱっと両手で口を覆った。自分でも聞くに耐えないほど淫らな呼吸の音が響いている。

「……んっ、んんっ、ん…っ」

「こら、何我慢してるんだ」

グランドが、煽るように内襞を指で掻く。そうされると熱い快感が込み上げてきて、ルキアは声を必死で嚙み殺した。

――頬《ほ》っぺたが、熱い……。

「んっ……ん……っあ…」

こいつ、と笑うような気配がして、内《なか》を弄られながら、グランドの唇が胸粒や首の辺りを吸い上げていくのを感じる。ルキアは感じすぎて、濡れた瞳をぎゅっと瞑って堪え続けた。

「抑えるなよ……」

手首を取られ、敷布に縫い留められてしまうと、淫猥《いんわい》な呼吸音が露《あら》わに響く。

「だって……ぁあ…っ……ん」

うるんだ瞳で見上げると、グランドは官能的な眼でルキアを見つめていた。肉厚な唇で僅かに微笑み、眦《まなじり》を伝い落ちた涙を吸い上げる。

「感じてる声を聞きたいんだ……もっと啼《な》かせたい……」

かああっと顔中に血が昇ったのがわかる。グランドは、〝指を食い締めてるぞ〟と笑った。

「腰もうねってるしな……」

「や……そう、いうの……わざわざ言わないで……っん、ぁあ、っ」

身体の中で指を抜き差しされ、こすられる快感に、声は途中で嬌声《きょうせい》に変わる。

「ぁ……ぁ……っ」

――やだ……きもちいい。

「すごい姿態だな……」

グランドは目を細めて、崩れ落ちそうなルキアの身体を引き寄せ直した。

同時に侵入してくる指が増えたのもわかる。

「ぁ……っ」

「辛いか？」

ううん、と頭を横に振ると、抱えてくれている手でぐっと胸元にルキアを引き寄せ、大きな手が頭を撫でる。

「力を抜いて、俺に寄りかかっていればいい」

「うん……」

入ってくる指が倍になると、圧迫感は格段に増す。けれど、押し広げられるなんとも言えない快感に、ルキアの身体は受け入れるほうを選んでいた。

「んんっ……ん……」

指が内襞のあちこちをまさぐり、圧迫感に喘ぐ唇に割り込んで、グランドの舌が口蓋《こうがい》を舐《な》めて嬲る。淫らな刺激に、ルキアは涙を滲ませて悶えた。

「は……ぁ……ん……ん、ん」

頭の中がぐちゃぐちゃになりそうだ。指はだましだまし三本に増やされたうえ、奥のほうまで挿し入れられている。

ふいに圧された場所がぎゅんと熱くなって、ルキアは甘い声を上げた。

「ぁん……っ」

「ここか」

「やっ……ぁ、ぁ、ぁあ」

抑えても声が出てしまう。腰全体に蕩けるような熱い快感が広がり、たまらなくてグランドの肩をぎゅっと摑んだ。

「はあ……ぁ、ぁあ……」

昇りつめる快感で、息が整わなかった。けれど、グランドは余裕で笑っていて、ずるりと指を引き抜いた。

「ぁ……」

「こっちに耐えられなかったら、言えよ」

——あ……。

本当に挿し入れられるのは指ではないのだとわかって、思わずその血管の浮き出た芯を凝視してしまう。

——は……入るのかな。

指の比ではないような気がする。けれど同時に、手で触れた時の感触を思い返してしまった。熱くて興奮に硬く凝った芯。何故か、深々と穿《うが》たれる感覚を想像してしまい、身体が恥ずかしいほど興奮した。

先端が襞の入り口をぐりっと焦《じ》らす。構えるほどの抵抗感はなく、それは襞を掻き分けて身体を貫いた。

「……ぁ……」

身体が裂けてしまいそうなほど太いものを呑み込んだ気がするのに、圧迫されることが、たまらなく気持ちよかった。

「大丈夫か？」

「うん……」

グランドが腰を摑んで、ゆっくり引き寄せてくれる。深く、身体の奥まで熱いものが押し寄せてきて、ルキアは心地よさに声を上げ、グランドに倒れ込むように身体を預けた。

「ん……ぁ……きもち、い……」

「煽るなよ」

激しくしちまうぞ、と言うが、苦笑しているから迫力はない。ルキアは蕩けるような表情でグランドを見つめてねだった。

「もっと……」

こいつは……と顔をしかめられるけれど、それすらうっとりと眺めてしまう。

グランドはキスの代わりに、耳朶を甘く齧った。ぞわっと快感が走って、ルキアは愉悦に新しい涙を滲ませる。

「止まらなくなったら、泣くのはお前なんだぞ」

何を警告されたのかは、あまりよくわからなかった。けれど、グランドは辛抱の堰《せき》が切れたかのように、そこから腰を両手で持って、上下に打ち付けてきた。

張りのある熱い肉芯が内襞をこすり上げ、じんじんと広がる感覚に、甘い嬌声が喉から迸《ほとばし》る。

「あ、あ、あ……あんっ、んっ」

「ヤバいな……すごく、いい……」

「あ……ぁっ」

身体の奥深くをグランドの身体が激しく出入りしていた。抱き付きながら、ルキアは自分が欲しがっていたものがこれだったのだとわかった。

「あ……グランド……」

内も外も、誰にも手の届かないところまで、グランドで満たしてほしかったのだ。

――だいすき……。

「ルキア……」

予告通り、中を抉《えぐ》る芯の突き上げは激しくなった。何度も込み上げてくる絶頂感に苦しすぎるほどだったが、ルキアはしがみついてその衝激を受け入れ続けた。

「は……ぁ…っ、っ、っんっ、んんっ！」

低い快楽の声と同時に、深々と腰を貫かれ、中に熱いものを注がれる。ふたりとも、しばらく抱き合ったまま、荒い呼吸が収まらなかった。

しっとりと汗ばんだ身体を、ただ抱きしめて感じているのが、心も身体も満たされて心地よい。

まだ熱い身体に寄りかかったままでいると、グランドの逞しい腕が背中を労るように抱え、長い指でゆっくりと髪を掻き混ぜてくれる。

低い声が囁く。

「大丈夫だったか？」

「……うん……すごく……気持ちよかった」

「俺もだ……」

ちゅっとこめかみの辺りにキスされて、くすぐったさと心地よさで笑みがこぼれる。

「初めてで、泣かれたらどうしようと思ったんだけどな」

「気持ちいいばっかりだったよ」

グランドの肩に頭をもたせかけ、まだ抱き合ったまま囁き合う。甘い視線も、髪や肩を撫でる手も、何もかもが好きだ。

「すき……」

瞳より少し透けるような金色の髪に手を伸ばす。グランドはすごく嬉しそうな顔をしてくれる。

「お前に好きって言われるのは、すごい気持ちいいな」

「ほんと？」

「ああ、何回でも聞きたい」

「すき……ぁ」

何回も言えと言ったくせに、グランドは声ごと唇で塞いで、ルキアはそのままもう一度寝台に沈められた。

――ぁ……。

夜露をまとって開く薔薇のように、しっとりとした芳香が部屋を満たした。

◆◆◆

ノヴァリスは、宴が終わったあと自室に戻った。着替えて寝台に座るけれど、脇にあるサイドテーブルの上は空っぽだ。

たぶん、ノニアが気を利かせてバスケットを片付けたのだろう。

「……」

じっと見ていたら、ベロニカがにゃあと鳴いて額を手に擦り付けてきた。

「ありがとう……」

本当に、春の庭のようにこの部屋を明るくしてくれた、可愛くて小さな妖精は、もういないのだ。

――ルキア……。

ルキアが頬を染めてグランドの話をしてくれた時、心の中では〝やっぱり〟という声が響いていた。

ああ、やはりこの子もグランドを選ぶのだ……何度も経験した寂しさが心の中を吹き抜ける。

剣術の師も、乗馬の講師も皆そうだった。一緒に学んでいると、いつの間にか彼らはグランドの魅力に惹《ひ》き付けられていくのだ。

決して自分をないがしろにしたりはしない。けれど、グランドに心が傾いていく相手を見ているのは切なかった。

自分にはそういう魅力はない。穏やかと言えば聞こえはいいが、要するに相手に拒絶されるのが怖くて〝いい子〟になった結果だと思う。

ルキアはやさしい妖精だし、グランドはこちらに遠慮してしまうだろう。実際、ルキアにはここに居るように言い聞かせていた。

自分が手放せるようにするしかなかった。誰も傷付けず、誰からも陰口が出ない方法を選んだ。それはちゃんと上手くいった。そして希望通りの結果になって、その寂しさから出られない。

ノヴァリスは、自分に言い聞かせる代わりにベロニカに話しかけた。

「ルキアはグランドのことが好きなんだ。無理にここに居させたら、可哀想だろう？」

にゃあ、と身体に似合わない可憐な声で返事をしてくれる。このどっしりとした猫たちは、彼らがルキアと同じくらい小さかった頃からの付き合いだ。

「それに、この先のことを考えたら、ここに置いておくわけにはいかないからね」

なんだ、というように猫がまんまるの瞳で見上げてくる。ノヴァリスは毛並みを撫でながら一通の書簡を取り出した。

蠟封《ろうふう》には隣国・ハスリー王家の紋章が刻まれている。ノヴァリスは何度も読み返した書面を改めて開いた。

親書には、懇談の席を持ちたいという提案が記されている。両国の今後に向けて……というふんわりした言い回しから、それが名目であることがわかる。

——おそらく、開戦の口実だ。

応じなければ不和を招いたとして国交の断絶となる。もし応じても無理難題を吹っ掛けられるか、悪くすれば虜囚《りょしゅう》となるだろう。

相手は戦争をしたがっている。こういう時、定石《じょうせき》としてはそれなりの身分の使者を送り、国王同士の直接対決は避けるものだ。下の者で交渉が決裂したらその上の人間が、そこでも合意に至らなければさらに上……と交渉を重ねて合意点を探る。合意できなくても、時間稼ぎにはなるだろう。ロディアとしても夏の間の戦は避けたい。

けれど、この国では誰がその交渉を担ってくれるだろう。

グランドを支持する一派にとってはまたとないチャンスだ。交渉を失敗させ、ノヴァリスを失脚させてから執政者を交代させるだろう。自分を支持する派閥では、開戦を回避させたい一心で、おそらく相手の言い分を呑んでしまう。ノヴァリスを支持する人々は事を穏便に済ませたがるのだ。

そして不利な条約を締結したら、それもまたノヴァリスの失策とされる。

――では、代わりにどんな方法があるか……。

相手と交渉できるカードを持っていないのが、ノヴァリス側の弱点だった。

もし国交を断っても、領地がハスリーとは反対側の国に近接しているグランドのところは大丈夫だろう。だが首都をはじめ、主だった街は川沿いで、ハスリーを経由した取引ルートが多い。橋を壊すことに大反対していたのも、貿易ルートの比重がハスリーに偏っているからだ。

リスクを分散するために、他の国との交易も増やすべきだと、ノヴァリスは提案したことがある。川向こうだけではなく、川を下れば遠い国とも取引ができる。だが、父の重臣たちは輸送にかかる日数や、船のコストを理由に、手近なハスリーを通しての取引から離れようとしなかった。

――もっと、強く言っていれば……。

他の国とも手広く交易していたら、橋を壊し、門を閉ざしてハスリーとの交易を断ってしまえただろう。そうしたら、困るのはハスリーのほうだ。

強い施策を打っておけなかった。武力交渉を避けたいのなら、それに代わる経済という武器を持つべきだったのに、自分は宮廷内の内紛を避けたいばかりに、有効な交渉カードを作れていなかった。

――私の失態だ。

跳ね上げ橋の設置も、砦の強化も、案の段階から進んでいない。今、ハスリーと事を構えるのは無理だった。

「……」

幸いなのは、この親書の存在を知る者が僅かだということだ。

——私は、私の執政の責任を取るべきだ。

ルキアに、グランドのところへ行くように説得した時から、心のどこかで覚悟をし始めていた。

父から政務を預かった王太子として、自分の責任を全うしたい。そして、これを諸侯に合議させようとは思わなかった。

会議に出せば、また紛糾して何も決まらなくなる。親書の返信が遅くなれば、そのつもりがなくても、結局ハスリーの目論見通り、国交は断絶してしまうだろう。

ずっと〝誰もが納得するやり方を〟と努めてきた。若輩の身として、先達《せんだつ》の意見を拝聴するべきだと思っていたし、独裁的な暴君になりたくなかったからだ。けれど、独裁とリーダーシップは違うのだと初めて悟った。自分は為政者として、この国をどうしていきたいのか方向を示す立場にある。

自分が方針を指し示す。その理由を丁寧に説明し、納得してもらう。それは、周りの意見に振り回されている今の自分とは違うものだ。

——最後に、私は私の目指す方針を示そう。それが、王太子としての私の責任の取り方だ。

ノヴァリスはすっと決意を固め、ベロニカの背をひと撫ですると、書斎へと向かった。

ルキアがグランドの部屋に来てから、七日が過ぎた。グランドは仕立てさせた仔羊革のブーツを入れた箱を手に、自室に戻った。

「おかえりなさーい！」

扉を開くとふわっと薔薇の香りが鼻腔をくすぐり、ルキアが胸元に飛び込んできて抱き付いてくる。人間サイズになっても胸元ぐらいまでしかないけれど、ぎゅっと抱き付かれるのがすごく幸せだ。

「ブーツができたぞ」

「わあ。ありがとう！」

ルキアは嬉しそうに笑み、白い大きな箱を受け取る。

「服も仕上がった。これで俺のお古を着なくても済む」

グランドの後ろには、大きな布張りの木箱がいくつも運び込まれた。

「殿下、こちらは何処へお納めいたしましょう」

「ああ、とりあえずここに置いてくれ」

持ってきた商人たちは、指示通り窓際のテーブル横に木箱を置き、恭しく一礼して部屋を出ていく。

グランドははしゃぐルキアに、椅子に座るように促した。そして跪《ひざまず》いて、白い絹の靴下だけだった足に、ふくらはぎまでのブーツを履かせてやる。

「きつくないか？」

「うん！」

ルキアが頬を薄桃色に染めている。両足履かせると、とん、と床に下りて市松模様のタイルの上をくるくると回った。

「似合う？」

「ああ……」

どれも、グランドが御用商人に仕立てをさせたものだ。

グランドの治める領地は、薔薇染めの一大産地だった。当然、染めるべき布を納める商人とも、糸や服を仕立てる職人たちとも繋がりは深い。グランドは帰城している間にそうした商人や職人たちとの商談をしていた。その際に、ルキアの服や靴を仕立てさせたのだ。

「服も開けてみるといい」

「うん！」

ここのところ、城での仕事は少ない。会議の招集もなかったので、グランドは街で納品先や仕立屋との打ち合わせをこなしている。

「次のシーズンに流行《はや》りそうなデザインだそうだ」

やわらかな薄い布で、袖はたっぷりとギャザーが寄せられている。華奢なルキアに似合うように、襟元と袖はキュッとシンプルに詰めてあって、そこに髪と同系色の銀刺繍がほどこされていた。急に仕立てさせたにしては上出来だと思う。

「すごく素敵！」

ルキアは服を身体にあてがって、くるりと回ってみせる。ありがとう、と碧みがかった銀色の瞳がきらきらと微笑んでいて、グランドはそれを知らず知らずのうちに見つめてしまっていた。

――ルキア……。

ルキアは照れたように頬を赤らめるけれど、目を逸らすことはない。その少し恥じらうような表情は、ルキアの美貌をさらに引き立てた。

あの小さかったルキアの面影は、ちゃんと残っている。特に笑ったり話したりする時は、ミニサイズのルキアとあまり変わらない。けれど、ふいに見つめてくる時や仕草の一つひとつが、どきりとするほど官能的なのだ。

「あのね……でも、もうお洋服はいっぱいあるから」

じっと見つめ返していたルキアが、無意識に手を伸ばしてくる。グランドはその感触を期待してじっとしていた。

ルキアの手が頬に触れる。

「だから……もう、街には行かないで」

「ルキア」

ルキアは〝触りたがり〟だ。たぶん、自分ではわかっていないのだろうと思うけれど、ちょっと寂しくなるとすぐわかる。腕だの肩だのにぺたぺたと触ってきて、しばらく感触を確かめると安心したように離れていく。

「ぼく、お洋服がいっぱいあるより、グランドと一緒に居られるほうがいい」

ルキアのこの仕草が好きだ。手を伸ばされるだけで嬉しくて、ぎゅっと抱き寄せてしまう。グランドは胸元に顔を擦り付けるルキアの頭を撫でた。

——本当に可愛いな。

ルキアに想われる幸せを噛み締めてしまう。そのまま際限なく甘くなってしまいそうで、グランドは自制して声音《こわね》を引き締めた。

「お前の服ばかりではないんだ。仕事だからな」

「……ぼくも、一緒に行くのは駄目？」

靴ができたから、もう裸足ではない。一緒に出掛けられると言うルキアに、グランドは嬉しいけれど悩む。

ルキアを横に置いて、いつも通りに振る舞える自信がなかった。人間サイズのルキアは、元の可愛さに加えて艶めいた香りがダダ漏れで、まさに誘惑の塊《かたまり》のようなものなのだ。うっかり気を弛《ゆる》めたら、他人の前でもいちゃいちゃしてしまいそうで恐ろしい。

「そうだな……」

駄目だと言わない自分を自戒する。そうでなくても、夜は抱き倒してしまいそうなのをかなり抑制しているのだ。気持ちのままにルキアをかまってしまうと、きっと仕事にならない。

「そのうち、連れていってやるから」

「グランド様、ルキア様、お茶のご用意ができました」

じいやが茶を運んできていた。グランドは促されるままにひじ掛け椅子に座ったが、ルキアはじいやの横にすっ飛んでいく。

「ぼくやります！　じいやさん、どうぞ座っててください」

「とんでもないことでございます。これは私めの仕事でございますよ」

じいやは笑って遠慮するが、ルキアは〝お茶を淹れる〟というのをやりたいらしい。まるで孫を見るように目を細めて、じいやはルキアの望み通り、茶葉の開き具合の見方や、香りを引き立たせる注ぎ方をアドバイスする役に回った。

「ルキア様がいらっしゃるので、この部屋はまるで薔薇の庭のようでございますからね、茶の香りがいっそう優雅に感じられます」

「そんな……」

ルキアが謙遜《けんそん》している。けれど、香りの強さは本当だ。

「もともと、お前からはいい匂いがしてたけど、大きくなってからは本当にすごいしな」

花瓶には季節折々の花を活《い》けているが、ルキアはひとりで、大輪の薔薇の花束さながらの香りを放っている。グランドも同意すると、ルキアははにかみながら説明してくれた。

「ぼくたちは、香りをつくるのが得意なんです」

人間まで惹き寄せられる芳香は、本来、蝶《ちょう》や蜜蜂に受粉を手伝わせるために放たれる。その他にも、害虫の襲撃を報せたり、仲間同士で情報交換したりするために香りが使われているらしい。

「たぶん、人間でいうと声とか歌みたいな感じです」

その調合は非常に細かくて、たとえばキャベツの葉を齧る毛虫の中には、モンシロチョウの幼虫であるアオムシもいるし、蛾《が》の仲間のコナガの幼虫もいる。キャベツは、齧ってくる毛虫の種類によって、発する香りを変えるのだそうだ。

「アオムシの時にはアオムシの天敵であるアオムシコマユバチを呼ぶ香りを、コナガの幼虫の時はコナガの天敵のコナガコマユバチを呼ぶ香りを出すんです」

けれど、ルキアは自分の能力については、わかっていなかったようだ。ビスケットを齧りながら、しみじみとした顔で言う。

「ぼくも、薔薇の精だから香りをつくれる能力は備わってるんだけど、こんなに香りが出ちゃうんだとは思ってなかったです」

　薔薇の妖精は、全員一通りの能力は持っているけれど、それぞれ個人で得意分野がある。ルキアは伝達の能力に優れているのだと教えてくれた。

「敵が来た時に報せるとか……これは、あんまり役に立たなかったんですけど。あと、隣の根っこがぶつかりそうな時とか……報せないと、栄養の取り合いになっちゃうから」

　土の中は互いの姿が見えない。そうでなくても、植物は動物のような「目」を持っていないのだ。大地に深く根を伸ばし、水や栄養を吸い上げる根は、細かく広がっていく。その時、隣の根が伸びるほんの僅かな音を聞きつけ、根同士は進路を変えてぶつかるのを避ける。他にも、気温の僅かな差を素早く感知して葉の裏に伝え、水分が逃げないように気孔を開いたり閉じたりする。

　人間の身体と同じように、植物は感覚や情報を身体全体でやり取りしているのだそうだ。

「ぼく、伝えることだけが得意なのかと思ってたんですけど」

でも、違ったのかも……と言うルキアは嬉しそうだ。そしてちらちらと視線を寄越し、そばに来たそうだったので手招いて膝に乗せた。

「えへ……」

じいやの前だが、ルキアの嬉しそうな笑みを見ると、もう体裁を取り繕う気にもなれない。片腕で抱えて、やわらかな髪を弄ってしまう。ルキアはにこにこと見上げてきた。

「あのね、もっと違うこともできるってわかったんです」

楽しそうに、秘密を聞きたい？　と尋ねてくる。

なんだろう。どうやらじいやは知っているらしく、含んだ顔をして笑っている。

「見てて！」

――え？

音もなくルキアの姿が消えた。一瞬、目が迷うと膝の上にちんまりとしたルキアがいて手を振っている。

「すごいでしょ！　服ごと小さくなれるんだよ!!」

姿が小さいと、声も細く小さくなる。当たり前だが、不思議な感じだ。手のひらで掬ってやると、ルキアはちょっと自慢そうだった。

「大きくなれるなら、小さくなることもできるのかなと思って、練習してみたの」

「グランド様がお留守の間、だいぶ頑張っておられましたよ」

「……すごいな」

どうやって服まで小さくできるのだろう。けれど、本当に自在に大きさを変えられるようだ。また、元の大きさに戻ってみせてくれた。

「なんとなく〝コツ〟がわかった気がして……」

人間の世界に出てしまったばかりの時は、周りに対してはとても緊張していたのだそうだ。

——そうだろうな。

見慣れた庭さえ、見知らぬ世界なのだ。その緊張感は、もろにサイズに出たらしい。

「ちゃんと深呼吸して、風とか空気とかを感じられるようになったら、ちょっと何かが変わった気がして……」

庭だけでなく、城の中にも流れている自在な空気の流れや、散乱して広がる光を捉えることができるようになったのだと言う。グランドには、ルキアの説明のほとんどがわからなかったが、ルキアは高揚して話している。

「グランドのおかげなんだよ」

「俺は何もしてないぞ？」

「ううん……いっぱい、いろんなことをしてくれたよ」

膝に座ったまま、ルキアが微笑んだ。

「グランドが褒めてくれたから……」

大丈夫、という励ましは魔法の言葉だとルキアは言う。けれどその言葉を信じて、力を発揮したのはルキア自身だ。

「結局は、お前自身に力があるんだと、俺は思うけどな」

「そうかな」

「そうだろ。〝開花時期〟だったんじゃないか」

蕾のまま開かない花なのかもしれない……と思い詰めていた時を思い出してからかうと、ルキアはちょっと恥ずかしそうな顔をした。

けれど、本当にこの僅かな時間でルキアは目覚ましい成長をしたと思う。サイズを自在に調整できるようになっただけではない。確証はないが、放つ香りが強くなったのも、きっと妖精としての能力が高まったせいではないかと思うのだ。

風を読み、光を捉える……彼が妖精にしかわからない視点で語り出した時、グランドの心の中には新たな心配が生まれた。

——こんなにいろんな能力に目覚めたら……妖精の世界に帰ってしまうんじゃないか……。

ルキアは薔薇王の息子なのだ。本人から聞いた限りでは、ルキアは結界から外に出てしまったために戻れずにいるだけで、こうして妖精の世界の感覚がわかり始めたら、結界の中に戻ることもできるようになってしまうだろう。

「……」

もし妖精の世界に帰っても、ルキアは人間の世界に遊びに来てくれるかもしれない。けれど、こうして一緒に暮らすことはできない。

——俺は、耐えられないだろうな。

ほんの数日、ともに生活をしてみただけで、とても実感できるのだ。

ルキアの温もりを感じて眠り、目が覚める。ルキアと暮らすと、たわいもない日常が驚くほど楽しい。

人のことは言えなかった。ルキアは仕事で留守にされるのを寂しがったけれど、自分ももしルキアが居なくなったら寂しくてたまらないだろう。それだけに、ルキアがこの先いつまで人間の世界に居てくれるのかは、聞きたいけれど聞きにくい。

――けれど薔薇王の息子なら、この庭を守る約束もあるだろうしな。

これはこの国で薔薇の産業が興《おこ》った時からの言い伝えだ。

城の前に広がる『薔薇の庭』はこの国の象徴でもある。王家はこの庭のために八人の庭師とその整備を担う三十人の人員を抱えていた。庭にはさまざまな植物が彩りとして植えられているが、薔薇だけは特別で、代々薔薇の世話だけを任せられた庭師の家系があり、彼らが慎重に植え替えや肥料やり、剪定《せんてい》を行っている。

庭に無許可で入れるのは王族だけで、諸侯さえ、王が招く公開日にしか入れない決まりだ。

摘み取るのももちろん禁止で、グランドも薔薇の品種改良は自分の領地でしか行っていない。まさに、花たちだけが守られて暮らす神聖な花園だ。今の王家の人間は妖精を見たことがなかったけれど、ロディアの繁栄はこの薔薇のおかげだと思っているから、この庭は大切にしてきた。

美しい庭だから、きっと妖精が住んでいるのだろう。人々は普通にそう思っている。けれど妖精を見ることができる人など稀《まれ》だから、出会えないことも不思議には思わない。グランドも、ルキアに会えたことは〝珍しいこと〟だとは思ったけれど、この世の摩訶《まか》不思議……とまでは感じなかった。
きっと、この先もこうして妖精と人間の約束は続くのだろうと思う。そうだとしたら、ルキアはいつか妖精の世界に帰って、王の座を継ぐのかもしれない。

そのことを考えると行き詰まった気持ちになる。

――どうすればいいかな。

妖精の世界に女王というのはいないのだろうか。だいぶ気が強そうなルキアの姉たちが、代わりに薔薇の庭を治めるという選択肢はないのだろうか。

「グランド？」

「あ、ああ…なんでもないんだ」

長く考え込んでいたらしい。小首をかしげるルキアに笑みを返した時、扉のほうでカシカシと引っ掻く音が聞こえた。

「おや……〝お客様〟でしょうかね」

ドラセナかベロニカではないかと見当をつけたじいやが扉を開けに行く。にゃあ、という鳴き声も聞こえていて、じいやが扉を引くと、二匹の猫がすり抜けるように入ってきた。

ドラセナは首に何かを結わえていて、一直線にグランドのもとに走ってくる。取れ、と言わんばかりに前肢を膝に掛けられ、グランドはスカーフにくるまれた一通の手紙を受け取った。

「………」

嫌な予感しかしない。

封を開けると、書面はノヴァリスらしい丁寧な筆致で自分宛に綴《つづ》られていた。

親愛なる弟へ

君がこの手紙を読む頃、私は城に居ない。だがこの独断を怒らないでほしい。これは、私が熟慮の末に決めたことだ。

先日、ハスリー王から親書をもらった。会談の場を持ちたいのだそうだ。君が調べてきた通り、あの国は戦を仕掛けたがっているのだろう。ただ、残念ながら開戦の時期は我々が予測したものよりずっと早かったようだ。

君の提言を実現できなくてすまない。

もっと早く、私が跳ね上げ橋の建設を断行していれば……とも悔やまれるが、おそらくどちらにしても間に合わなかっただろう。とはいえ、薔薇の摘み取りの最盛期である今、民を動員することは避けたい。もちろん、戦で国が荒れるのもあってはならないことだ。

そのために、私は最善と思われる方法を選ぶ。

会談が口実に過ぎないことはわかってもらえると思う。応じても応じなくても、向こうはこの一件を火種にしたいのだ。

だから、私は敢えて会談に応じることにした。ただし、ごく私的な訪問という形にしている。

敵意の無いことを示すために、兵は連れていかない。ただし、従者には武官を任じてある。

ここから、君にお願いしたいことがある。

私はなんとか平和的に交渉して戻るつもりではあるが、先方の思惑は違うだろう。

もし、私が捕らえられ、殺されたら、王太子の座は君が引き継いでほしい。これで、私の身がどうなろうとロディアは安泰だ。譲るわけではないのだから、引き受けてくれるね。

そして私が殺されるでもなく、人質とされた場合は、なるべく奪還交渉を長引かせてほしいんだ。

その間に跳ね上げ橋の設置を急いでほしい。

私が捕らえられている間は、開戦できないだろう。できれば秋まで引き延ばし、砦の強化と跳ね上げ橋の完成が間に合うとよいのだが……。

万一、虜囚でもない、交渉でもない策をハスリー王が取った場合に備えて、一部の兵を橋桁に潜ませてある。即時に攻めてくる作戦だった時は、君が考案してくれた橋の崩落を実行するためだ。

もしかすると、私には人質ほどの価値もない可能性があるからね。

防衛は間に合わないかもしれないが、橋を半分壊してしまえば、とりあえず侵攻を防げる。私の部屋に、川下の国々への親書を用意してあるから、君の才覚で今後の取引や外交に使ってほしい。

陸路でも水路でも、川下の遠い国々との交易を開拓するのは大変になるだろうと思う。ハスリーも諦めないだろうし、君には厄介な仕事を押し付けるようで、すまないと思っている。

けれど、君はきっと善《よ》き王になると思う。そのために、薔薇の妖精があらわれたのかなと思うくらいだ。

無事に戻れる可能性もないわけではないから、さよならと言うつもりはないけれど、今までの感謝は伝えておきたい。

長い間、庶子でしかない私を兄の立場に置いてくれてありがとう。

父上には、何もかもが終わってから、報告してくれるとありがたい。

君とロディアに、輝かしい未来が続くことを祈っている。

ノヴァリス

「ば……」

馬鹿な……、という言葉は声にならなかった。けれどそういえばここ数日、会議が開かれていない。

——まさか、諸侯にも伝えずに断行したのか。

会議でハスリーの親書を見せれば、紛糾するのは目に見えている。ロディアの兵は戦慣れしていないし、ノヴァリスを支持する貴族たちは戦争を嫌がる穏健派だ。かといって戦をけしかけてくるハスリーをどうあしらっていいかわからず、ただ議論だけが繰り返されるだろう。

どちらにしろ、最後はノヴァリスがハスリー王と会見するしかないのだ。結論が同じなら、会議で長々と日数をかけるより、単独で断行してしまったほうが早い。

——だが……。

叔父をはじめとしたグランド支持派にとってはチャンスだ。ノヴァリスを早々に見捨て、グランドを擁立《ようりつ》しようとするに違いない。

「……」

だから、見殺しにされる場合まで考えに入れた文面なのだと、グランドは唇を噛み締めた。

足元ではベロニカとドラセナが鳴いている。やけに鳴くなと思ったら、ルキアと何かを話していた。

「お前……こいつらとも話ができるのか？」

「うん」

ルキアは心配そうな顔をしている。

「ノヴァリスは、今朝、手紙を託して出ていってしまったんだって」

わざわざグランドの叔父や、大臣などを個別に部屋に呼び、こっそり今後について託していたことまで猫経由で聞くことになった。

「あの……大馬鹿……」

普段は波風を立てるまいと人の意見を尊重するくせに、よりによってこんな時に自分の意志を押し通したのだ。

——どうして、一番大事な時に俺に相談しないんだ！

やりきれない怒りで、グランドは書簡を握り締めた。

◆◆◆

——ノヴァリスが……。

ルキアは、グランドに頼み込んで書簡の中身を教えてもらった。この国は、隣の国と戦争になるかもしれないというのだ。

「ノヴァリスが出ていったのは、こちらの防御態勢が整うまでの時間稼ぎでしかない……」

それなら、いっそ橋を壊して籠城《ろうじょう》してしまえばいいのだと、グランドは怒りを込めた声で言う。

「だが、兄貴はまだ和平交渉を諦めてないんだ……」

相手の善意のひとかけらを信じている。だから、橋桁に兵を潜ませておくけれど、自身で乗り込んでハスリー王を説得するつもりなのだろう。ノヴァリスの考えをなぞりながら、グランドが歯噛みをしているのがわかる。

「兄貴は、これで俺に世継ぎの座も渡せて、一石二鳥とかバカなことを考えてるに違いないんだ」

アイツは馬鹿だ、馬鹿だ馬鹿だと連呼しているのは、愛情の代わりなのだとルキアは思った。罵倒しているくせに本当に悔し泣きしそうな顔をしている。

宮廷内の事情は、聞けば聞くほど難しい状態だった。

——ぼくの父上のように、一括で指揮する人がいないんだ。

ノヴァリスもグランドも、身分は王子だ。妖精の世界では、姉も指揮は執《と》るけれど、王の声は絶対だ。たとえ王女である姉たちでも父には逆らえない。まして、諸侯など刃向かうことすら考えないだろう。そこまで考えて、ルキアはグランドに提案してみた。

「王様は、あの小さなお屋敷にいるんでしょ？」

一番偉い人に出てきてもらって、指揮してもらうわけにはいかないのか……。父王なら、ノヴァリスの救出に動けないのか。そう言うとグランドはしばらく考え込んでから同意した。

「そうだな。もう、俺たちでどうこうできる段階じゃない」

息子に政治を任せた、とは公言しているが、位を譲ったわけではない。王という称号を冠している以上、国の最終的な責任は国王が持つものだ。

「離宮に行ってくる」

「ぼくも行く！」

足早に部屋を出るグランドに、ルキアも慌てて付いていく。

城を出て、庭を横目に見ながらまるでその華やかな庭に隠れるように造られた離宮に向かう。

陽射しは強く、薔薇は競うように咲いて、入り口の長いアーチは重そうに咲く鞠《まり》のような薔薇がどこまでも続いていた。

――父上……姉上………。

庭を見るのは久しぶりだ。姿が大きくなってから、靴を作ってもらうまで、履ける靴がなくて外に出られなかった。

妖精の世界は、自分の生まれ育った場所だ。好きとか嫌いとかいう次元ではない。もちろん、薔薇王の息子としての責任も感じてはいる。けれど、グランドのところに居たいという気持ちが、戻りたいという心を消してしまう。

――ごめんなさい………。

それに心のどこかで、姉たちが居れば、自分など居なくても大丈夫なのではないかという気持ちもある。

——本当は、そんな風に思っちゃいけないんだろうけど。

戻る努力をやめてしまった罪悪感で、ルキアは庭から目を逸らした。代わりに、グランドたちの父が住むという小さな館のほうに意識を向ける。すると、今まではわからなかった感覚を拾った。

「あれ……？」

覚えのある感覚だ。これはなんだろうと足を止める。

「ルキア？」

「あ、ご、ごめんなさい」

どうした、と振り向いて戻ってくるグランドに謝る。

「ここって……前から不思議だったんだけど、なんでこんなところに畑があるの？」

「ああ、親父が試作品を試すために作ったんだ」

グランドたちの父は、農耕器具の改良をしようとしているらしい。土を掘り返したり、畝を簡単に盛れるように道具を作っては試している。薔薇の庭からは少し離れているけれど、そこにはエンドウマメやジャガイモが整然と植えられていた。

一見すると、なんの変哲もない畑だ。作物は陽射しを受けてすくすくと育っている。けれどルキアは、以前に怖がって逃げてしまった感覚が、ここから来ていると確信した。

——あの時は、よく確かめもせずに逃げちゃったけど……。

小さな自分にとって、あの気配は脅威だった。けれど、大きくなった今は、そう怖がらずにこの気配を探ることができる。

妖精にとって、大きさは自分の力の反映だ。ルキアは、姉たちがこうした気配に動じず、堂々としていた理由を身体で理解できた。

——怖くないんだ……。

大きくなった分、相対的に襲ってくる信号が小さく感じられる。だから冷静に相手の情報を探ることができる……。ルキアは漠然と〝東のほう〟から来ていると思っていた気配が、根を伸ばしているジャガイモだと判じた。

——でも、どうしてだろう……。

人間にとって、花を愛《め》でるというよりは、その根に蓄えられる養分を食べるために育てている植物だ。その分、逞しいので硬い土をものともせず繁殖する。けれど、薔薇の庭を浸食するほどの距離ではない。ルキアはもう少しジャガイモの根を確かめたかったが、グランドが急いでいるのもわかるので、気持ちを切り替えて歩き出した。

「なんでもない、行こう」

——あとで、調べよう。

防風林を抜けると庭が開けていて、こぢんまりした屋敷がある。小川に似せた用水路の脇に、ちょっと大きくなった子豚がいたけれど、ルキアはちらりと見ただけだ。

——豚さん、元気そうでよかった。

身体のサイズが大きくなったことは、確かに妖精としての成人を意味したのだと思う。前よりも気配をクリアに感じることができているし、ぼんやりとだが、薔薇の庭を包んでいる結界もわかった気がする。

同じ場所に居て、こんなに感覚が変わることが不思議だ。ノヴァリスを助けようとして動いているのだが、妖精として成長した自分を実感できたことが、とてもありがたい。

そして、ポケット越しではなく直接見た父王は、ノヴァリスによく似ていた。

父王はグランドを居間に招き入れ、経緯を聞いて表情を曇らせた。

「……そうか……」

グランドが、兄が老獪《ろうかい》な諸侯たちを相手に苦戦していたことを知っていたのかと尋ねている。

「そのくらいの情報は隠居していても聞こえてくる」

「じゃあ、なんで助けてやらなかったんだ！」

「親に助けられた王子の言うことなど、誰が聞くんだ」

「……！」

王は、穏やかだがきっぱりとした口調で言った。

「ワシが死んでから跡を継いでも、ノヴァリスが年を取ってから即位しても、納得せん貴族は必ず出てくる。それを抑えられないのなら、どちらにしても国を治めることはできん」

「……親父」

「上に立つ者なら誰でも通る道だ。はじめから順風満帆《じゅんぷうまんぱん》の世代交代などあるわけがない」

数年ぐらい揉めるのは、想定していたと言う。

「はじめは苦しいだろう。悩んで相談してくるようなら、いつでも乗るつもりでいた。だが、あれはああ見えて強情だからな。なんとしても自力で解決してみせたかったんだろう」

――お父さんは、ちゃんとわかってたんだ……。

暖炉《だんろ》の前で、王にしては簡素な服装で簡易な造りの椅子に座っている父王は、日焼けをして、ゴツゴツした手をしている。

きっと、グランドが言っていた農耕器具の改良に精を出しているのだろうなとルキアは思った。やさしい顔立ちはノヴァリスに似ているけれど、覇気のある表情はグランドに似ている。

「親に泣きつきたくないというプライドは、大事にするべきなんだ。王たるもの、諸侯に弱いところを晒したら舐められるだけだ。やせ我慢をするぐらいの気概はあったほうがいい」

そのうえで、うまく政治を回せない挫折も、反対意見を乗り越えられない辛さも、経験して損はないと言う。

「ただ、それをワシの死後にひとりで受けたら、あれは孤独になるだろう。だから、少し早いとは思ったが、まだワシが生きていられそうなうちに任せてみたんだ」

こうして隠居していれば、諸侯にとっては多少の牽制にもなる。ノヴァリスが本当に悩んだ時には、手を差し伸べることもできるだろう。

「血筋が劣るのは生まれた時から消せない事実だ。ノヴァリスは一生それを背負っていかねばならん」

王は、少しだけ目を伏せた。

「それを負わせたのは親たるワシだ。だからこそ、ワシが生きているうちに政務を継がせて、ノヴァリスの立場が盤石《ばんじゃく》になるまで見届けなければ、おちおち死ねんのじゃ」

「……そこまでして、なんでノヴァリスに継がせようとしたんだ？」

グランドが父親を凝視していた。

「決して、俺が継ぎたいとかいうことじゃない。ただ、ノヴァリスはずっと血筋が負い目だったんだ。そんなの、見ててわかってただろう？」

庶子として、グランドの代わりに領地を与えて貴族のひとりにしてやることもできたはずだった。何故わざわざ苦難を伴うほうを世継ぎに選んだのかと問うと、王は迷わず答えた。

「王にふさわしい資質を持っているからだ」

黙って横で聞いているルキアには、とても不思議な言葉だった。

ルキアも、ノヴァリスは気品のある王子だと思っている。けれど貴族や城の中の人間たちから、グランドのほうが王にふさわしいという声を何度も聞いていた。ルキアにも、あまり比べるべきではないと思うものの、グランドのほうが指揮力はあるように見えていた。けれど、ふたりの父はそう判断していなかったのだ。

「ワシも若い頃は外聞を気にするたちだった。人の評価ばかりが気になってな。だが、それは結局〝負けず嫌い〟ということなんだ。人に低い評価をされるのが嫌なのだから、見栄っ張りでもある」

お前そっくりだろう……とグランドに向かって笑い、グランドはしかめっ面をした。

「お前は闘争心丸出しの子どもだった。だが、年とともにそういう外面はちゃんと整えられるようになっただろう。ノヴァリスも同じことだ」

心に秘めた負けず嫌いは、やがて自分の中でいい方向への原動力にできる。

「人にいい顔をしたいというのが、悪いというものでもない。誰からも好かれて、誰からも評価される人物になろうという努力は、無駄にはならないだろう。問題があるとすれば、それで自分が息苦しくなることだけだ。ノヴァリスが、それで息を詰めていたのは知っとった」

父王が、いい意味でその我慢が崩れてくれるのを待っていたと言うと、グランドが長い溜息をついてひじを突いた手で頭を抱えた。

「……親父には……勝てないな」

「勝てるつもりでいたのか、若造」

かか、と王が笑う。冠もないし、まるで野良作業をするような恰好だが、その貫禄はルキアにも充分わかった。

「転ばぬように先回りしてやるだけが情ではない。転んで泣いているのを見守るのも、親の務めだからな」

聞こえのよいことしか報告してこない息子を、王は情報収集しながら知らぬふりで辛抱強く見守っていたのだ。少し責めるような棘を持っていたグランドも、考えを改めた顔をしていた。

王が、膝を払うようにして立ち上がる。

「とはいえ、肝心の親書の報を取り逃したのだから、ワシの情報網も抜けておる。むざむざハスリーに行かせてしまったのはワシの落ち度じゃ」

ワシが出るとしよう、と言う王からは、一国を担う強さが滲み出ていた。ルキアはそれを呆《ほう》けたように見ていた。

——全然、違うんだ……。

ノヴァリスもグランドも、しっかりと政治を担っている王子だと思っていたけれど、王たる父親は、やはり威厳も肝《きも》の据《す》わり方も違う。

「薔薇の王子にも、息子たちを支えてくれたことに心から感謝申し上げる」

「え……ぼ、ぼく……？」

自分に声をかけてくると思わなかったので、ルキアは油断していて間抜けた声を上げた。

だが、素朴な服を着た王は、丁寧にルキアに頭を下げる。

「古《いにしえ》からの薔薇の約定をお守りくださっていることに、王として深く感謝しております」

「え、あ……いえ……」

——ぼくなんて、ようやく人間並みのサイズになっただけなのに。

実力はまだまだ半人前だ。けれど、王は真摯な眼差しを向けてきた。

「我々も、約定通りこの庭を守り続けます。どうぞ、ご安心を」

——王様……。

どきっとした。

――ぼくは、〝薔薇王の息子〟として対面しているんだ……。

自分にそんなつもりがあろうとなかろうと、人間から見たら、自分は薔薇の庭の主たる王の代理……そう思った瞬間に、背筋が伸びる気がして、ルキアは姿勢を正して王に頭を下げた。

「ありがとうございます。父に、そう伝えます」

言いながら、恥ずかしさに顔が熱くなった。

戻りたくないと思った自分を心から恥じた。薔薇の王は、この庭を統率するだけではない。この国に根を張る全ての薔薇を美しく咲かせる約定を守らなければならないのだ。

――ぼく、この庭のことすらちゃんとわかっていなかったのに……。

庭をほんの少し隔てた、菜園のジャガイモの存在すら把握できていなかった。庭の外に想いを馳《は》せることもなく、まして国中の薔薇を率いている父の責任の重さも、まるでわかろうとしなかったのだ。

――それで〝薔薇王の息子〟だなんて……。

猛烈に恥ずかしい。挨拶もまともにできなかったことを、ノヴァリスの父が指摘しなかったことさえ恥ずかしかった。

指摘されるようなレベルの話ではないのだ。そして、きっと〝まだそれを言ってもわからないだろう〟と思われたから、言われなかったのだと思う。

まだ、ノヴァリスのように父の名代も務まらない……。妖精を代表する立場だったことを自覚すると、泣きそうなほど恥ずかしい。

王が手を打って従者を呼び、支度を整えている間も、脳裏には慌ただしく反省が駆け巡る。

結界を出てから約半月の間、自分はどれだけ花たちのことを考えて行動できたか。自分が戻れるか戻れないかばかりに囚われていて、姉や父たちが懸念していた薔薇の庭を取り巻く危機について、何一つ調べようとしていなかった。

――さっき、ようやく〝怖い気配〟を見つけただけだ。

ノヴァリスと、何度か朝に来ていた場所だ。自分がもう少しちゃんと意識を持って探していたら、根本的な原因を見つけられたかもしれないのだ。

そして、反省だけをしても、挽回《ばんかい》できないのだと思った。

人間たちがこの庭を守ろうとしている。

――人間たちの戦、って他人《ひと》事みたいに考えてちゃだめなんだ……。

隣国、ハスリーは農業国だ。もしこの国が戦に負けたら、支配されて薔薇の平原はあっという間にジャガイモ畑に替えられてしまうだろう。

これは、薔薇の地を守る薔薇の妖精たちの危機でもあるのだ。そして、万一本当に戦争が起きることになったら、ノヴァリスの命も危ない。

――ぼくも、何かしなきゃ。

たかが妖精だ。花のことはわかるが、人間に対しては何もできない。考えても思いつかないことが歯がゆくて、危機感ばかりが募る。

やがて王が見違えるように重々しい姿に着替え終わり、ルキアも王とグランドの後ろに付いて館を出た。

歩きながら意識を研ぎ澄まし、菜園の一角から出ているぞわりとした信号を感じ取る。

——なんだろう……この、悲鳴みたいなの……。

それはジャガイモの根が発する信号だった。彼らは何かと戦っていて、そして周辺のジャガイモたちに危機を伝えている。ルキアは、これを受け取ったのだと確信した。

——父上と姉上に伝えなきゃ……。

そして、人間を助けるための助力を請《こ》おう……。城へと急いでいる王の後ろで、ルキアは足を止めた。王と従者はそのまま進んだが、グランドが振り返る。

「ルキア」

「ごめんなさい」

「おい……」

「ぼく、行かなきゃ」

グランドがはっとした顔をしている。けれどルキアはかまわず自分の意識を風の波に委ね始めた。

——薔薇城に帰るんだ。

ルキアは、〝戻ってくるから〟とグランドに言うつもりだった。けれどそれより早くグランドが近づいてルキアの身体を抱き寄せた。

王と従者が異変に気付いて立ち止まる。グランドが叫んでいた。

「先に行っててくれ、すぐ戻る！」

「グランド、だめだよ……」

離して、と手で押しのけようとするが、グランドはルキアをしっかり抱きかかえたままだ。

「行くな！　行くなら俺も連れていけ」

「グランド」

無理だ……と思った。

結界の中で妖精が視える人間も、人間が視える妖精もいる。けれど、今まで、薔薇城で人間を視たことがなかった。

きっとグランドだけを残して自分だけが結界の中に戻るのだろう。そう思っていたのに、ルキアは抱きしめられたまま、向こうにある城が薔薇城に変わるのを見た。


「……あれ？」

世界は確かに変わったはずなのに、グランドはルキアを抱きしめている。

——どうして……人間が……。

驚くけれど、当のグランドはわかっていないようだった。

——でも、急がなきゃ。

とにかく、今は早急に父に会い、状況を報告しなければならない。ルキアはグランドの手を摑んで走り出した。

「おい……」

「一緒に来て……父上に会うの」

目の前には、華やかなピンクに、紫色の屋根が輝く薔薇城がある。グランドも、城の外見が変わったことに驚いていた。

「……本当に、ここは妖精の世界なのか」

「うん……」

グランドたちが暮らす城と、構造は全く変わらないけれど、門を守る衛兵たちは棘を浮き上がらせた甲冑《かっちゅう》を着たトゲ兵だし、行き交う人々は人間の貴族ではなく、薔薇や他の花々の精たちだ。

「まあ……あれは、ルキア様？」

「これは、ルキア殿下……」

周囲が驚いている。足元ではトゲ兵も慌てて追いかけてきたけれど、ルキアはグランドの手を摑んだままずんずん進んだ。

「父上にお目にかかりたいんです。玉座の間にいらっしゃるでしょうか」

「は、先触れをしてまいります」

小さなトゲ兵が走っていく。ルキアは早足で追いかけながら、大きくなった身体で見る城に、心の中で感動している。

——本当に、ぼく……大人になれたんだ……。

花々の精たちの大きさはさまざまだ。以前も、自分より小さなシロツメクサや、ナズナの妖精などはいた。あの頃は、もしかしたら自分も一生彼らと同じくらいのサイズのままで生きるのかもしれないと思っていたのだ。

けれど、成長できた。それは嬉しさだけでなく緊張感も伴うものだった。

——薔薇王の息子として、今度こそちゃんと責任を負えるようになろう。

この庭を、ひいては国中の薔薇たちを守らなければならない。ルキアは大広間を前に意気込んで声を張り上げた。

「父上……！」

緋色の絨毯のずっと先に玉座があり、父の後ろには、ふたりの姉が並び立っていた。

◆◆◆

——すごい美丈夫だな……。

グランドは、ルキアに連れられて薔薇城の玉座の間にいた。

眼前には流れるようなプラチナブロンドと白いローブをまとった薔薇王がいる。グランドは、ルキアは父親似なんだなと感心した。

ルキアは薔薇王ほどの覇気は持っていないが、親子なだけあって、基本的なところは受け継いでいる。それに、話に聞いていた姉ふたりも、目を瞠るような美女だった。

——ま、ルキアのほうが可愛いけどな。

急な帰還にも、薔薇王は少しも驚いていない。玉座にゆったりと座ったまま、膝を折って礼を取る息子に、銀鈴《ぎんれい》のような美しい響きで声をかける。

「よく戻った」

特に甘い言葉をかける様子はないけれど、凛とした声の中にも、愛情は感じられる。

「見違えるような姿になった……結界の外に出たのは、無駄ではなかったようだな」

「……すみませんでした」

「珍しい経験をしたと思えばよい」

ふたりの姉はじっとこちらを見ている。

「ルキア、何故人間を連れてきたのです」

「あ、あの……」

上の姉の硬質な声音に、ルキアが縮み上がっている。比喩ではなく、本当に摑んでいる手が小さくなりかけて、グランドはその手を握り直した。

――しっかりしろ……。

姉たちの表情が変わらないのでよくわからないが、少なくとも叱責しているような感じではない。けれどルキアは緊張して上手く言えないようだった。

代わりに、グランドがすっと半歩前に出て、丁寧に片膝を突いた。

「妖精の城に、招かれもせずに伺った非礼をお許しください。私は、ロディア王家の第二子、グランドと申します」

約定を交わした薔薇王とその王女たちに目通りさせていただいたことに、深く感謝申し上げる……

と挨拶をすると、王が口を開いた。

「人間が約定を守っていることに、我々も感謝している。そして此度《こたび》はルキアが世話になった」

やり取りは人間のそれとなんら変わらなかった。グランドが、もうルキアの代わりに自分が状況を説明しようかと思った時、ルキアが必死な声を上げた。

「父上、ぼく、庭に来ようとしている怖いものの正体がわかりました……」

ルキアは懸命な顔をしている。きっと、自分が考えている以上に、王や姉たちの前で自分の見解を述べるのは勇気が要るのだろう。手を握り込み、緊張をおして発言しようとしているのがわかって、グランドはこのまま見守ることにした。

——頑張れ……。

自分だったら、人前で発言するなどなんでもないことだ。けれど、ルキアには大変なことなのだ。

「ジャガイモの根に、何かがとりついているんだと思います。それで……ジャガイモは戦っています。でも、自分だけでは退治できなくて苦しんでいます……」

その悲鳴を聞き取った、と説明した。

王が考え込んでいる。

「救援に向かってもよいが、しかし、何故そのような食用の種が植えられているのだ……」

ここは基本的に美しさを競う花ばかりが植えられる庭だ。ルキアは、薔薇の庭のすぐ隣に菜園が造成された経緯を話した。あの畑が作られたのは、ざっと五年ほど前だ。

黒髪の姉、アプローズが憤慨している。

「なんということ……薔薇の庭の隣に畑など」

「けれど、それで害虫のたび重なる襲来も合点《がてん》がゆきます」

次姉だというパールホワイトの髪をしたヴィクトリアが得心している。

「人間たちの手入れが手薄になったわけではなさそうですね。肉厚な実の成る植物には、より多くの虫や鳥が集まります。すぐ隣にそんなものがあれば、庭へ来る者も増えるでしょう」

「で、でも……今は、その畑より大変な危機が起きたんです」

ルキアは、隣国と一触即発の状況になっていることを伝え始めた。まだ見上げるほど遠い玉座の父たちに訴える。

「何か、力を貸すことはできないでしょうか」

――お前……それを言うために、薔薇城に戻ろうとしていたのか。

胸が熱くなった。けれどルキアの志《こころざし》は、きっぱりと退けられた。

「それは、人間たちの世界のことだ」

「父上！」

ルキアの必死さは、王には響かないようだった。薔薇王は眉一つ動かさない。

「我々の交わした約定は、この国の薔薇たちを守り、どの国よりも美しく咲かせること……この国自体を守るのは、人間の王の務めだ」

「でも……」

「我々の干渉するところではない」

ルキアが言葉に詰まっている。だが、グランドも妖精に助けを借りるのは筋違いだと思っていた。

項垂れるルキアの肩に、そっと手を置く。

「ありがとうな。その気持ちだけで充分だ」

「グランド……」

グランドは薔薇王に向き直った。

「詮《せん》無いことを申し上げた。我々人間のことは、人間たちで解決します。どうぞ、ルキアの言《げん》はお忘れください」

「まってください！」

「ルキア」

ルキアは立ち上がっている。

「父上、ぼく……ぼくはノヴァリス王子と約束しました」

――……え？

「〝弟を守る〟と約束を交わしたんです。ぼくは人間との約束を守らなくてはいけません」

薔薇王が眉を顰める。グランドも内心で驚いていた。

――なんだって……？

いつの間にそんな約束をしたのだろう。恥ずかしくて赤面しそうだ。

――兄貴ぶりやがって……。

ルキアはいつの間にか、前のめりになって声を張り上げている。

「弟とは、ここにいるグランド王子のことです。ぼくは守ると約束しました。それに、もしこの国が隣の国に乗っ取られてしまったら、国中の薔薇は引っこ抜かれて、全てジャガイモ畑になってしまうでしょう」

姉たちも険しく眉根を寄せた。

「人間たちが約定を交わしたのは、この城の庭についてだけです。国中の薔薇たちを守るためには、人間たちに手を貸してあげないといけないと思うんです」

「………」

薔薇王が難しい顔をしている。一気に訴えたルキアは、顔を赤くして息を上げていた。

「軽々しく約定を交わすとは……」

「父上……」

「しかし……約定の大切さを教えておかなかった私にも非がある」

我が子の尻ぬぐいをさせられる薔薇王に、グランドは少し申し訳ない気がした。自分が老齢の父に出座させてしまった申し訳なさと重なってしまう。その時、思案していた薔薇王がグランドのほうを見た。

「手を貸すのはやぶさかではないが、人間はどのような策を講ずるつもりでいるのだ」

意見を求められ、グランドは威儀を正す。

「お力添えをいただけることに感謝します」

——妖精が、どんな能力を持っているのかを、まず知らなければならないな。

ルキアから、妖精たちが香りを駆使したり、人間にとっては薬になるような成分を作り出すことに長けているのは聞いている。

ちゃんと聞けば、もっと人間にとっては予想外の能力を持っているかもしれない。

「お力をお借りできるのであれば、ぜひともやってみたい案があります。そのために、まずどんな武器が使えるか、お教えいただくことはできるでしょうか」

「……ふむ」

薔薇王は何か思うところがあったようだ。すっと立ち上がる。

「そなた、なかなか面白い男のようだ……興《きょう》が湧いた。そなたと作戦会議をしよう」

「父上……」

驚くルキアに、薔薇王は〝お前も付いてきなさい〟と命じて、グランドは自城で見慣れた会議の間へと案内された。

◆◆◆

ノヴァリスは隣国へと向かっていた。

ごく私的な外出として、王家の紋を印した馬車で市街地へ出、国境である橋を渡る。ノヴァリスは窓から橋を行き交う人々を眺めた。

橋はざっと二百年以上前に架《か》けられたものだ。石でできた堅牢な橋は、川で分断された二つの土地を結ぶ重要な交通路で、治める国が変わっても橋だけは壊されることがなかった。

　橋は馬車が何台も横に並んで走れるほどの幅があり、荷馬車で渡る者や、荷を担いで歩く者、馬やロバに乗せて移動している者もいる。

――もし橋を壊したら、ここにいる人々は商《あきな》いができなくなるのだ……。

　ロディア側の橋の下には私服で偽装させた兵を潜ませてある。ノヴァリスはまだ「橋を壊す」という選択をしきれずに悩んでいた。

　どうにか交渉だけで戦を回避できないか。思案に耽《ふけ》りながら窓の外を眺めていて、ふと人の流れが一方の方向だけ目立つことに気付いた。

　明らかに、向こう岸から来る人が少ない。

――時間帯によって波があるのか？

　市場はもう開いている時間だ。そのせいかもしれないと思いながらも、微かな違和感に緊張する。そして、向こう岸へと渡り切った時、ハスリーの国境門の向こうに、豪華な馬車が横付けにされているのが見えた。

　金色に黒の縁取りがされた馬車の前には、ハスリーの民族衣装を着た貴族が恭しく片手を胸に添えて礼を取っている。馬車の後ろには騎馬兵がずらりと槍《やり》を掲げて整列していた。

　馬車を止めるように御者に命じ、ノヴァリスが降りると、待ち構えていた貴族はより一層深く頭を下げた。

「おみ足をお運びいただいて、恐縮でございます。ノヴァリス殿下」

男はハスリー王の命《めい》で出迎えに来たと言う。

「恥ずかしながら、我が国は貴国とは比べものにならないほどぬかるむ悪路でございます。どうぞ、こちらの馬車にお乗り換えくださりませ」

お供の方もどうぞご同乗ください、と扉を開いて促す。

馬車は内側も金ぴかだった。ノヴァリスは、泥一つついていない車輪に目をやり、言い訳をしてまで馬車を乗り換えさせようという意図はなんだろうと考えた。そして、馬車の扉の内側の取っ手が実用に耐えないことに気付いた。取っ手らしい形をしているが、模様として扉に接着していて摑むことができそうにない。内側から操作できないのなら、扉は外からだけ開け閉めすることになる。

馬車は、過剰なほど外側に装飾がほどこされている。扉を早々に開かれてしまったからちゃんと見えなかったが、もし装飾に紛れて扉の外に閂《かんぬき》があったら、閉じ込められることになる。

「さ、殿下、どうぞ……」

「……」

護送用かもしれないという視点で馬車を見ると、窓の周りもごてごてと飾りがついているが、鎧戸《よろいど》のように外側からパタンと閉ざせる構造にも見える。もし読み通りなら、金属の飾りは鉄格子《てつごうし》と同じくらいの強度になるだろう。

はじめから、捕縛して人質に取ることが前提だったのだ。

——交渉の余地はなしか……。

予想しなかったわけではない。ノヴァリスは内心の落胆を隠して素知らぬ顔をした。

「……我が国の馬車は悪路に慣れている。わざわざお手を煩《わずら》わせるには及ばない」

このままで行く、と断ると、出迎えの男は醜《みにく》く片眉を歪め、片手を上げた。

「城門を閉じよ！」

国境兵たちが警笛を鳴らし、十人がかりで開け閉めする鉄鋲付きの大扉を閉め始めた。通行していた市民たちは驚いて走り込んだり、橋のほうへと駆け出し始めた。ノヴァリスもすかさず供に命じ、閉まりかけた扉へ突進する。

「退却せよ！」

むざむざ捕まる必要はない。ノヴァリスは剣を抜いて防衛しながら、橋へと脱出を図った。

「王子を捕らえよ！　護衛は殺しても構わん！」

鋭い指令とともに、馬車の後ろにいた騎馬兵が走り込んでくる。ノヴァリスは馬車が通れるかどうかという幅まで閉まりかけた城門の向こうへ飛び出し、橋の向こうへと叫んだ。

「橋を壊せ！　聞こえるか！　壊すんだ！」

こうまで相手の意向がはっきりしているのであれば、やるしかなかった。

馬鹿が、という嘲りが後ろから聞こえてくる。走りながら後ろを見ると、城門は閉めかけた途中で止まっていた。

いつの間にか、出迎えた男は騎乗し、兵を従えている。

「無様ですな、殿下」

「私は戦いに来たわけではない。話し合いをしに来たのだ」

相手は唇を歪めて笑っている。

「おめでたい世継ぎを捨てることができて、ロディアも幸せでしょう」

「……っ……」

わかっていても、嘲笑されると口惜しさが湧く。けれど、心の中では納得していた。

――これで国は守れる。

間もなく橋は崩れるだろう。あらかじめ、それぞれの橋脚の要石を緩めておいたのだ。いざという時、一撃を加えれば崩落するようにしてある。

――私は捨て駒でいい。

はじめから、こういう事態も想定していた。国さえ守れればいい。そう考え、じりじりと退《さが》っていた時、背後で地鳴りのような音が響き、橋は真ん中から向こう半分が崩れた。

残ったこちら側の橋も揺れる。馬は驚いていななき、兵士は叫び、辺りは騒然としたが、指揮を執った男は動じていなかった。

馬上で不敵な笑いを見せる。

「立て籠もられることなど、計算のうちです」

さっと右手を大きく上げる。ノヴァリスははっとして、川沿いを見た。

「何も橋だけが、川を渡る手段ではありませんからね」

――兵が！

ハスリー側の橋のたもとから、川沿いに続々と兵が出てくる。兵たちは四人で一艘《そう》の小舟を河岸へ運んでいた。

一見するとなんの変哲もない小舟だ。けれど、どの舟も、真ん中に何か大きな黒いものがついている。ノヴァリスはとっさに、その部分で舟同士を繋ぐのだと予測した。いくつもの舟をジョイントし、川の上を橋のように渡していくつもりだ。

「先に橋を壊し、国交を閉ざしたのは貴国です。我が国の大切な民を閉じ込め、返さないというのですから、我々は民を取り戻すために戦わなければなりません」

「……詭弁《きべん》を」

諸外国には、そうして正当性を訴えるつもりだろう。ノヴァリスが睨《にら》むと、男はせせら笑う。

「貴方を殺したりはしませんよ。しかし、わざわざ和平を願って迎えの馬車までご用意したのに、貴方が剣を抜いたのです」

残念です、と白々しく嘆く男に、ノヴァリスは何も返せなかった。

ハスリーが、開戦のきっかけを作りたがっていたのはわかっていたことだ。どんなことをしても難癖をつけてくるだろうと思っていた。それを回避できなかったのは、自分の未熟さのせいだ。

だがそれより、防御策を誤ったことのほうが、ダメージが大きい。

橋を壊せば進撃はないと思っていた。ロディア側の国境兵も、異変に気付いて警戒の鐘を鳴らしているが、川岸からの急襲までは考えていなかっただろう。

応戦できるのは僅かな国境兵だけだ。軍の応援は間に合わない。

――すまない……。

市民への被害を考えると、悔やむ思いでいっぱいだ。グランドの叔父に、万一の有事に備えてほしいと頼んではあるが、ここまで急だとは自分でも思っていなかった。どこかで、夏の間だけは戦をしないだろうと思い込んでいたのだ。

「……」

ノヴァリスは剣を納めた。

――この男を人質にできれば……。

背後を守っている護衛ふたりはノヴァリスが降伏すると思ったのか、殿下、と驚いた声を上げる。ノヴァリスは諦めたような表情を繕った。

「せめて、ハスリー王に会わせてもらえないか」

「殿下っ！」

交渉を諦めきれない風を装って、指揮する男に近づく。男の地位はわからない。けれど、彼を人質に取れば、一時停戦に持ち込むことだけでもできるかもしれない。

「今さら命乞いなどせずとも、貴方のことはこのまま放っておきますよ」

「いや、どうしても会わせてほしいんだ」

貴殿にしか頼めない……と言いながら、あと五歩程度というところまでよろけたように近づき、ノヴァリスはふいに突進して剣を抜く。低い姿勢のまま一瞬の隙を突いて、相手の馬の脚を狙った。

「っ！」

前肢を斬られた馬は倒れ、両側から敵兵が駆け寄ってきたが、ノヴァリスはそれより早く飛び上がり、馬上の男の背後を取る。

「ひっ！」

「動くな！」

相手の腕を背中側に捻《ひね》り上げ、喉元に剣を当てる。ノヴァリスはそのまま人質を見せつけ、兵を牽制した。

「川岸の兵を止めるんだ」

橋の下では、すでに川半ばまで兵が小舟を繋ぎ進んでいる。

男は、怯えながら笑った。

「わ……私に価値などありません。ひとりで止められる兵など、ここにいる数十名程度ですぞ」

「では、橋の下の兵は誰の指揮で動いている」

「さあ……っ……し、知りません。これは本当のことです……ひ……っ」

斬ってしまわない程度に当てる刃に力を入れると、相手は確かに慌てたが、やはり答えは変わらなかった。

「さ、作戦の全貌など、国王陛下しかご存じない……」

王は疑り深いから、誰のことも信用はしない。男はそう言って、恨みがましい顔をした。

「私もただの駒……そうであろう……次官殿」

ハッとして振り向くと、右横の兵のひとりが斬りかかってきていた。ノヴァリスは身を躱《かわ》して避けたが、相手は躊躇わずに上官の首を狙って突き刺す。

――何を！

「ぎゃああっ！」

「味方の足を引っ張るお荷物は要らない」

「……！」

顔色一つ変えず、ざっと剣の血を払う。一兵卒に扮《ふん》していたようだが、物言いと身のこなし、風格からそれなりの立場だとわかる。相手は己の上司を斬った剣先の向きをくるりと変えると、ノヴァリスを仕留めに向かってくる。

「上官が死ねば、次官が繰り上がる。出世とはそうして登っていくもの」

「バカな……」

「やんごとなき御身分の王子には、おわかりにならぬだろう」

カン、と鋭く刃を振り下ろされ、ノヴァリスは斬り返しながら飛び退《すさ》る。数十名の騎馬兵にも取り囲まれ、ノヴァリスと護衛の三名は、互いに背中を守り合いながら馬上から襲ってくる剣を躱した。

「殺すな！　生け捕りにしてロディアに売りつけろ！」

おお、という興奮した雄叫びと、首級だけでも褒賞は出るぞと叫ぶ声が次々と上がる。

――指揮系統が、バラバラなのか。

緻密《ちみつ》な計算ができているようで、兵の統率はできていなかった。皆、我先にと襲ってくるので、味方同士で邪魔をし合っている。

――これが、ハスリーの現状なのかもしれない。

それぞれが、人を押しのけてでも自分の分け前を得ようとしている。ちらりとしか見なかったが、川を渡ろうとしている兵たちも、ほとんどが軍装すら揃っていない雑兵のようだった。

――兵になるしか道がなかったのか。

食い詰めた貧民なら、簡単に徴兵に応じるだろう。兵になると食事が与えられる。ハスリーが農繁期にもかかわらず戦を起こしたのは、収穫を見込めない地域があるのかもしれない。

そこまで困窮しているという情報を摑めなかった甘さに、戦いながら反省する。

彼らは王に従っているというより、戦になれば問答無用で他人の財産を奪い取れると思っているのだ。ノヴァリスは向かってくる兵を剣で払いのけて落馬させながら、こんな風に追い詰められたハスリーの民が気の毒でならなかった。

――ロディアの民を、こんな風にさせたくない。

飢えて追い詰められた結果なのかもしれないけれど、他人を殺して生きるための糧を得なければならないような国や民にしてはいけないと思った。

――私は、もう……為政者の椅子を捨ててきたというのに。

考える資格などないはずなのに、湧き上がってくるのは、国の将来を思う気持ちばかりだった。

どうしたらこの侵攻を止められるだろう。戦に巻き込まないために、市民をどこに避難させればいいだろう……襲ってくる兵を避けながら、心はいつの間にか退路を切り拓《ひら》き、ロディアに戻って応戦と避難誘導の指揮を執ることを考え始めている。

「うわっ！」

「大丈夫か！」

「殿下、うわあっ！」

他の兵を馬で蹴散らして飛び込んできた兵士のひとりが、ノヴァリスの護衛を槍で突き刺し、橋から落とした。いつの間にか、ノヴァリスたちは残った橋の縁ギリギリまで追い詰められていたのだ。助けようにも、襲ってくる兵を捌《さば》くのが精一杯で、落ちた護衛の様子を見ることもできない。そして、もうひとりも抗しきれず、剣を取り落とした。

「グ……わッ……」

——……！

くぐもった声がしてから数瞬後に、水に落ちる絶望的な音が聞こえた。けれど、ノヴァリスには振り返る余裕もなかった。まだ十人以上の兵に取り囲まれている。

——すまない。

たったひとりになった。けれど、目の前の兵だけではない。閉まり切っていない国境の門から、新たな兵たちが駆けてくるのが見える。

——ここまでか……。

襲ってくる剣を斬り払いながら、ノヴァリスは覚悟した。

その時、黒い雲が唸《うな》りを上げて飛んできた。

「わああっ」

「うわっ！」

「なんだこりゃ！」

　黒雲のように見えたのは蜂の大群だった。羽音が重なり合って、黒い塊に不気味さを加えている。

兵たちは戦闘を放り出して逃げ始めた。

――なんだ？　これは……。

ブーンと唸る音で人の声すらよく聞こえないほどだ。だが、不思議とノヴァリスの周りには蜂が来ない。あれほど群がっていた兵がいなくなって、ノヴァリスは小舟を渡した川面《かわも》を見る余裕さえできた。

　だが、川面も同じだ。まるで数千羽で群れて飛ぶヒヨドリのように、黒い塊と化した蜂が、躍り上がって兵たちの頭上を襲っている。雑兵たちの悲鳴が、橋のほうまで響いてくる。

「ノヴァリス王子」

――え？

振り向くと、深紅のドレスをまとった美しい女性が立っていた。

みごとな長い黒髪が白い肌をより際立たせている。

「借りは返しましたよ」

「……借り？」

一分《いちぶ》の隙もないほど整った顔に似つかわしい、硬い声音だ。アプローズと名乗った女性は、ルキアの姉だと言う。

「ルキアを預かっていただいたことに対する礼です」

これで貸し借りはなしです……とアプローズはふわりと風に乗る。事態を呑み込みかねていたノヴァリスは、慌てて引き留めた。

「お待ちください、あの、それはルキアが薔薇城に戻れたということですか」

「そうです」

ルキアだけでなく、グランドまで薔薇城へ行き、妖精は今回、人間に手を貸すことにしたのだと言う。ノヴァリスは予想外の展開に驚きを隠せなかった。改めて川岸のハスリー兵たちを見ると、まだ小舟の上で蜂を払うのに大わらわしている。

「これは、貴女《あなた》のお力なのですね」

ルキアから聞いたことがある。一番上の姉は攻撃を司っているのだ。植物の実や葉を食べようとする虫を駆除するために、天敵を呼び寄せる香りを放つ。そうやって、蜂を思いのままに動かせるのだろう。

その力を人間の戦のために使ってくれたのだ。ノヴァリスは心から感謝し、深く頭を下げた。そして、長らくルキアが行方不明で、きっと心配だっただろうと思って声をかけた。

「こちらでお預かりしていると、お知らせできればよかったのですが……」

「人間のもとに保護されたのは知っていましたから、ご心配には及びません」

「え……？」

声を上げると、アプローズは冷たく答えた。

「ルキアが貴方に保護されたのも、帰り道を探していたのも見ています」

結界を行き来できないのは力の弱いルキアだけで、父も姉たちも人間の世界へは自在に出入りできるのだと言う。

知っていて放っておいたというのだろうか。

――ルキアはあんなに戻ろうとしていたのに……。

日がな一日、庭を歩き回って戻る方法を探していた。なのに、見ていて手を差し伸べなかったのかと思わず口にすると、アプローズは当然という顔をした。

「己の力で戻れないのなら、所詮《しょせん》そこまでの器《うつわ》だったということ……」

「そんな……」

いくらなんでも、その言い方はひどいのではないかと抗議しかけると、アプローズは微塵も揺るがない眼をして言い放った。

「ルキアは薔薇王の座を継ぐ者です。相応の力を持てないのなら、手助けをして戻してやったところで意味はありません」

自分のことを言われたような気がしてしまう。

「では、もし戻れなかったら……ルキアはどうなっていたのですか」

「どうにも……なかったことになるでしょうね」

「弟なのに、そんな風に切り捨てられるのですか」

思わず語気を荒らげた。けれど、アプローズの冷静な表情は変わらなかった。

「そうです。どんな努力をしようとも、それは過程でしかありません。力無き王は国を治められない。戻れなかった時点でルキアは居なかったことになる。積み上げてきた努力も、同時になかったことになるでしょう」

――……そんな。

「それを悔しいと思うのなら、戻れるだけの力をつけるしかありません」

ノヴァリスは、冷たく見下ろす深紅の妖精を前に言葉も出なかった。

「貴方がどのように努力を続けてきたとしても、王にならず、ここで終わるなら人々は貴方のことを忘れ去るでしょう。そんな王子がいた、というだけの記憶になる」

アプローズの美しい眉が顰められる。ノヴァリスは、この女性の感情らしい感情を初めて見た気がした。

「自分では美しい自己犠牲のつもりでしょうが、傍《はた》から見れば、玉座を前に責務を投げだして逃げたにすぎません」

貴方を見ていると苛々する、とはっきり言われてしまう。

「嫌々治められる民も迷惑でしょう。王になるのが嫌なら、ここで犬死にするといい」

「……っ」

「善き王になるという誓いは、戯言《ざれごと》でしたか」

――……え？

「私が言いたいのは、それだけです」

「あ、待……」

アプローズはふわりと風に舞い上がって姿を消した。ノヴァリスは、茫然と橋に佇むだけだった。

◆◆◆

グランドとルキアはロディア側の国境の門の上に居た。

大門は両国とも、鉄の鋲で補強した重いものだ。それを石組みの塔が両脇で支えている。塔の上は常に物見の兵が交替で詰めているが、今はルキアたちだけだった。

「よし、いい感じに雑兵が散り始めた」

グランドが双眼鏡で戦況を確認していた。ルキアは小さくなって肩に座っている。落ちないように、グランドの手がルキアを包んでいる。ルキアは、その手に身体を預けているのが心地よかった。

全身でグランドの体温を感じる。

——グランドは、〝僅差で小さいほうが好き〟って言ってたけど……。

どうやらそれは本当らしかった。今も、ポケットに入れて運べるから小さくなれ、と言われたのに、仕舞われることはなく、ずっと手に包まれたままだ。

——ぼくも、こうされるの好きだなあ。

寄りかかって頬でスリスリと指に触れていると、グランドが気付く。

「……？」

スリスリするならこっち、と言うように、微笑《わら》って身体ごとグランドの頬に持っていかれる。破顔してグランドの頬を両手で抱きしめると、グランドは満足そうに目を瞑った。

「川風は寒くないか？」

「うん。手の中はあったかいよ」

「そうか……」

戦況を見るかと聞かれてルキアが頷くと、グランドは双眼鏡を肩越しに見せてくれた。片手でグランドの耳に摑まったままレンズを覗く。

――すごいなあ。

戦略は父と練ったけれど、基本的にはグランドが妖精の能力を聞き取りして編み出した作戦だ。グランドはアプローズが呼んだ蜂で右往左往している兵を確認したあと、次の作戦に移ることにしたようだ。

「ヴィクトリアに伝えてくれ」

「うん！」

ルキアは目を閉じて姉に次の作戦の開始を伝える。指令は風に乗って、姉のもとに届くだろう。姉たちにしか嗅ぎ分けられない暗号だ。

――ああ、きもちいい。

集中する時、肩に乗ったままグランドの首に寄りかかる。グランドの肌に触れていると、安心して力を発揮できるのだ。グランドもそれをわかっているのか、伝令としての仕事をする時は、手のひらで包んで身体ごと支えてくれる。

――姉上が命じてる。

国境門から、川沿いを地響きが伝わっていく。薔薇の根がものすごい勢いで土中に張り巡らされ、準備が整うと、ヴィクトリアが出芽を命じた。

メキメキと凄《すさ》まじい音を立て、見渡す限りの川沿いに荊《いばら》が突き上がってくる。人々は、突然地面から突き出してきた荊に驚き、立ちすくんだままだ。

「……すごいな」

「うん」

薔薇には姉が、人の握りこぶしほどもある特大の棘を与えていた。茎はまるで鋼鉄のように頑丈で太い。これはヴィクトリアの得意とする防御力を最大限に生かした仕様の茎だ。

地面を割り裂き、荊は互いに絡まりながら強固な柵として国境をぐるりと取り囲む。ここからは見えないけれど、川沿いにぐるりと国中へ荊を張り巡らせているのだ。泳いでロディア側の岸辺にたどり着いた雑兵たちも、突然あらわれた荊の壁に阻まれて岸に上がることもできない。ルキアも目を開いて、天然の城壁となった荊の壁を見る。

――すごい……。

姉たちの力もすごいが、何よりもこんな力の使い方を思いついたグランドがすごいと思う。ちらりと見上げると、グランドもルキアを見ていた。

「どうした？」

「ううん……ただ、ぼく、グランドは戦って撃退させたいのかと思ってたから、この作戦が意外で」

作戦会議で、グランドが提案したのは〝戦わずに追い返す〟というものだった。ルキアは、勝手にグランドを好戦的なのだと思い込んでいたことを謝った。

グランドがくりくりと頭を撫でてくれる。

「そりゃ、戦わずに済ますのが一番損がないからさ」

戦というのは、実はそんなに得をする人がいないやり方だ。攻めたほうも攻められたほうも無傷では済まない。

「ただ、人間がこの壁を国中に巡らせるとなると、それなりに金と時間がかかるからな」

これは、妖精が力を貸してくれたからこそできることだ、と言う。

棘の大きい荊の壁なら、早々簡単には登れない。少なくとも騎馬で攻めるのは無理だ。案の定、大半の兵士は諦めてハスリーに戻るほうを選んでいる。ただ、連結した小舟の上を馬で走り渡ってきた上官らしき甲冑の姿があって、彼は突進あるのみ、と檄《げき》を飛ばしている。

雑兵は上官の命令に逆らえない。だいぶやる気がなさそうだが、槍や剣で荊を薙《な》ぎ払い始めた。切られても地面からはすぐに次の芽がメキメキと音を立てて荊に絡み、伸びていく。突破される心配はないが、これではきりがないと思う。

「ルキア、アプローズに援軍を回してもらってくれ」

「うん……」

対岸の兵士を追い払っていた蜂を、ロディアの岸辺に誘導してもらう。しかし気のせいか、さっきより蜂たちが殺気立っている。

——姉上……何か怒ってる？

蜂たちはアプローズの命ずるままに動くのだ。アプローズの気配も苛立っていて、ルキアは思わず肩をすくめた。

狂暴になった蜂に襲われた兵士たちは、悲鳴を上げている。けれど、甲冑で守られている上官は撤退を許さないらしい。逃げようとする雑兵を馬で追いかけ、兵たちはむしろそちらに怯えていた。

「……っ」

「大丈夫か、ルキア」

ルキアは両手で耳を塞いでしまった。

上官に怒鳴られながら荊の壁を切り拓こうとする兵たちの悲鳴も、剣や槍で突かれるだけでなく、油をかけられて焼かれようとしている枝たちの悲鳴も、どちらも自分にとっては辛い。

「ルキア……」

グランドが両手で包んで肩から下ろしてくれる。

——早く、戦が終わって……。

だいぶ慣れたけれど、やはり小さいサイズになると全ての信号を大きく感じてしまう。特に、姉たちとの連絡役を務めている今はなおさらだ。植物たちの悲鳴も辛いけれど、人間たちの悲鳴も、できればあまり聞きたくない。

――皆が戦う気を失《な》くしてくれれば、戦なんてしなくて済むのに……。

そう考えているうちに、ルキアはあることを思いついた。とん、と地面に下り、小さかったサイズを元に戻して、グランドと向き合う。

「ルキア？」

「あのね、ぼくも作戦を思いついた！」

不思議そうな顔をするグランドに微笑みかけて、その首に抱き付くように腕を伸ばす。

「グランドも、力を貸してね」

「？」

軽くグランドの唇にキスして、身体を預ける。

――思い出せ……あの時のお酒の香りは、どんなだった？

最初にキスしてもらった、あの夜の香りを再現して織り上げる。ふわふわして心地よく、もう、何もかもがどうでもよくなるほどの匂いだ。

「ルキア……お前……」

身体を抱えてくれているグランドが、息を呑んでいる。ルキアは目を閉じていたけれど、荊の城壁が次々に白い薔薇の蕾をつけるのを感じた。

あまりの急さに、蕾たちはポンポンと弾けるような音を立てている。やがて城壁を覆うように咲いた無数の薔薇たちは、大ぶりの花びらを惜しげもなく開いた。

濃厚で甘く、艶やかな香りが川風に乗って、あっという間に国境に広がっていく。はじめはきょとんとしていた兵士たちは、やがて白く陽に輝く薔薇を見つめ、ぽかんと口を開けてその香りに吸い寄せられ始めた。

ルキアが目を開けると、眼下ではもう、争う声も怒号も消えていた。

グランドも驚いている。

「すごいな……どんな魔法を使ったんだ？」

人々はうっとりと幸福そうな顔をして、薔薇から放たれる香りに浸っている。ルキアはちょっと照れた顔をして笑った。

「酔っぱらった時の香りを、作ってみたの」

お酒を呑んでいい気持ちになったら、戦うことなんかどうでもよくなるのではないか……そう思ったと言ったら、グランドは頬にキスしてとびっきりの笑顔をくれた。

「さすが俺のルキアだ」

「えへ……」

望み通り、ハスリーの兵はだいぶ戦意を喪失してくれたらしい。ただ、自軍の兵も同じようにほわんとしてしまったのが計算外だ。

「さあ、そろそろお出ましいただくかな」

お前の父上を呼んでくれ、と言われて、ルキアは薔薇王にそれを伝えた。

◆◆◆

ノヴァリスは、半分崩れ落ちた橋の際に立って、茫然と成り行きを見守っていた。

深紅の薔薇の妖精は風に溶けるように消え、ハスリー側の岸辺は蜂の猛攻撃で戦どころではなかった。そして、いくらもせぬうちに、ロディアには国境沿いに延々と続く荊の城壁ができ上がった。

――これも全て、妖精の力か……。

ハスリーの兵が、なんとかそこを突破しようとしている。所詮草木だ、切ってしまえとか燃やしてしまえとかいうことなのだろう。けれど、傍目にも硬そうな荊の壁に純白の薔薇が咲き乱れ、なんとも言えない芳香が漂うと、その場にいた兵士たちは闘争心を失い始めた。

――こんなやり方が、あるのか。

思いつくとかつかないとか、そういうレベルではなかった。ノヴァリスは突飛すぎる状況に、無性に笑いが込み上げた。もう、すごすぎて羨む気にもなれない。

――さすがだよ……グランド。

自分が城に残っても、決してこんな結末にはならなかっただろう。グランドだからできたのだ。

自分の取った行動は、最上だったとは言えない。けれど、弟にあとを任せたことだけは、正しかったような気がする。

ノヴァリスはまだハスリー側の場所にいる。けれど、恐らく追手は来ないだろう。皆、うっとり酔っぱらうか蜂から逃げ回っているかで、それどころではないのだ。

さて、どうしようと思った時、崩れ落ちた橋のたもとから、シュルシュルと音を立てて蔦が伸びてきた。それはみるみる絡まり合って綱のようになり、互いに規則正しく交差して吊り橋になる。

　これも妖精の力か、と黙って見ていたら、パールホワイトの髪を輝かせた妖精が渡ってきた。どことなくルキアに似た面差しをしているから、もしかするとこの女性は次姉だというヴィクトリアかもしれない。

「貴方を連れ戻す役を仰《おお》せつかっております」

　お迎えに来ましたと言い、ヴィクトリアは優雅に礼を取る。

「このたびは、弟のルキアが世話になりました」

「いえ」

　動かないでいると、ヴィクトリアが不思議そうな顔をした。

「帰らないのですか」

「ルキアのことでは、すでに貴女の姉君にお礼をしていただきましたから」

　ヴィクトリアが、〝まあ〟という顔をしている。

「これ以上は、過分にお力を借りることになってしまいます」

　自力で戻る……と言うと、ヴィクトリアは少し面白そうに笑った。姉に比べると、ヴィクトリアのほうはルキアに似ているせいか、やわらかく見える。

「姉上に関しては、別でしょう。ルキアのことは口実だと思いますよ」

　意味深に微笑むので、ノヴァリスは思わず理由を尋ねてしまった。

ヴィクトリアは、女神のように整った笑顔で答えてくれる。

「ルキアにかこつけて、貴方に一言もの申したかったのでしょう」

ヴィクトリアは、一連の作戦を実行するために、薔薇王と妖精たちが、人間の城で打ち合わせをしたのだと教えてくれた。なんと、人間のほうでは離宮から父親が戻り、王として妖精と段取りについて話し合ったのだと言う。

——父上まで……。

「貴方のお父上は、城で人間のほうの指揮を執っておられますよ」

そして、当然だがノヴァリスの取った行動は父にも、妖精たちにも全て知られるところとなった。

「姉上は、グランド王子に地位を譲ることを前提とした、貴方の行動にお怒りになったのでしょう」

——……。

アプローズの指摘はもっともだと思う。自分でも色々と理屈を並べたけれど、逃げだと言われて反論できなかった。ヴィクトリアは少し楽しそうに話す。

「何しろ、貴方は姉上の初恋の殿方ですから」

「……え………」

「貴方こそ、〝理想の王子〟だと思っていたのですもの。憧れの殿方の恰好悪い姿など、見たくはないでしょう？」

ノヴァリスは声も出なかった。ヴィクトリアは秘密ですよ、と念を押してから教えてくれる。

「私たちは薔薇の庭に住んでおりますから、貴方のことはずっと昔から知っています」

アプローズは、力を開花させて人間が視えるようになってから、薔薇の庭を訪れるノヴァリスに想いを寄せていたのだと言う。

「私たちは、愛されてこそ美しく咲きます。姉上があれほど麗《うるわ》しい姿なのは、頻繁に庭を訪れてくれた貴方の愛と、姉の、貴方への愛があってこそ……」

思いもよらない言葉に、心の中に深紅の花びらが舞い込んできたような気持ちがした。

あの庭の薔薇はどれも甲乙つけがたい美しさだが、ひときわ気品に溢れた深紅の薔薇がある。アプローズがあの薔薇なのだろうか。

《善き王になるという誓いは、戯言でしたか》

――あれは……。

父王が今後は長男に政務を任せると公言した日の夜、ノヴァリスはひとり薔薇の庭で責任の重さを噛み締めていた。身分が劣る自分に、王となる未来がやってくることになる。そのことの重みが肩にずっしりとのしかかり、同時に、こんな自分に国を預けてくれたのだから、必ず善き治世にしようと誓いを立てた。

――あの時、庭には誰もいなかった。

禁制の薔薇の園で、自分ひとりだから言えた誓いだ。けれどその言葉を口にしたのは、いつもの習慣で、あの深紅の薔薇の咲く場所にいた時だ。

――あの薔薇が、貴女だったのか……。

ヴィクトリアは、アプローズが自分をどんなに高く評価していたかを話してくれる。

「思いやり深く、辛抱強く、やさしさと気品を兼ね備えていて、貴方ほど誠実な王子はいないと、姉上は貴方の即位を心から待ち望んでいたのです」

こんな王子が王になったら、この国とこの庭はもっと幸せで美しいものになるだろう。そう期待していたと言われて、ノヴァリスは恥ずかしくなった。

「それなのにこんなみっともないところを見たら……お怒りになるのは　当然ですね」

父に相談するとか、弟の力を借りるとか、選択肢はもっと色々あった。けれど、どれも蹴ったのは自分ひとりの力でなんとかしたかったからだ。

「誰かに助けてもらうのは恰好悪いと思ったんです。けれど、恰好をつけようとして、一番みっともない姿を晒してしまった」

失望されるのは仕方がない。そう思っていたのに、ヴィクトリアの答えは違った。

「姉上は、まだ期待しておりますよ、きっと」

「そんな……」

「本当に見損なったのなら、姉上はわざわざ貴方のところに来たりはしません」

黙って切り捨てる、怖い姉ですとヴィクトリアは微笑む。

「貴方が苦しんだり落ち込んだりしていた姿も、姉上は全て見ています。もちろん、御兄弟とのことも」

揉める宮廷をどうやって動かしていくか……思案に耽っていた時もグランドと秘密の話し合いをしていた時も、いつもあの庭を訪れていた。アプローズは、苦闘していた自分を何年も見ていたのだ。

「貴方が諦めない限り、姉上はきっといつまでも貴方が這い上がるのを待つと思いますよ」

「……」

誰かが自分を待っていてくれる……力強い言葉に、ノヴァリスは危うく泣きそうになった。

――こんな言葉が、胸に刺さるなんて……。

アプローズから向けられたきつい怒りが、何倍もの重い愛情に感じられた。

期待してくれたからこそ、怒ってくれたのだ。

本当の自分は、きっとアプローズが理想とするような素晴らしい王子ではない。けれど、庭でのみっともない自分を知っていて、そのうえでまだできるはずだと信じてくれている。そのことに、ノヴァリスは胸が詰まった。

「まあ、父上の出番だったのですね」

ヴィクトリアの言葉に空を仰ぐと、まるで夏雲のように空を覆う、美しい薔薇王の姿があった。

薔薇王は、重々しい威厳を込めてハスリーの兵たちを睨む。そしてゆっくりとローブをまとった腕を払い、強い風を起こした。

突風に、川に並べた小舟がひっくり返る。そしてその巨大な姿に恐れをなして、ハスリーの兵は蜘《く》蛛《も》の子を散らすように逃げ出し始めた。

怒号を放っていた上官までも、我先にと川を泳いで逃げていく。やがてその姿が薄くなって消えたあと、ヴィクトリアが手を差し伸べてくれた。

「さあ、戻りましょう」

晴れ渡る空に、蔓草《つるくさ》の吊り橋が軽やかに揺れた。

国境の大門に戻ると、グランドとルキアが駆け寄ってくる。大きくなったルキアの姿に驚く間もなく、ノヴァリスはグランドに抱きしめられた。

「ふざけるな！」

「グランド……」

怒っているのにグランドはぎゅっと抱きしめてきて、ノヴァリスはその感触に胸が熱くなる。

弟と、こんな風に触れ合ったのは何年ぶりのことだろう。そして、こんな風にぶっきらぼうに愛情を示してくれる弟を、自分がどんなに好きだったかを思い出した。

「……心配をかけて、すまなかった」

「当たり前だ」

グランドは怒って言うけれど、今は怒られるのすら、不謹慎だが嬉しい。

「俺はお前の後釜《あとがま》なんか、絶対やらないからな」

「うん」

「親父は、俺より兄貴のほうが王の器だから選んだんだと、ちゃんとそう言ったぞ」

――父上が？

信じられなくて思わず見返す。グランドは真顔だ。

「親父の目は確かだ。親父が選んだんだから、政務には兄貴が一番向いてるんだよ」

だが、今回の独走だけは駄目だと怒られた。

もっともだと思う。けれど、グランドはそのあとに〝まあ、俺でもやっぱり同じやり方しかできなかったと思うけどな〟と付け加えた。

「妖精勢が協力してくれなかったら、今回は絶体絶命だった」

「まだ、全てが終わったわけではありませんよ」

ヴィクトリアの声に、グランドが快活に笑う。

「そうだった。城に戻ろう。親父たちが待ってる」

城にはまだ、薔薇王たちが居るのだと言う。ノヴァリスは、もう一度アプローズに会えたら、お礼と謝罪を伝えたいなと思って、先導するグランドに付いて帰城した。

◆◆◆

ルキアたちが城に戻ると、そこには先に戻っていた姉のアプローズと薔薇王がいた。人間のほうは加勢してくれた妖精たちを下にも置かぬ扱いで、玉座を急遽《きゅうきょ》二つ用意して並べ、そこに王と薔薇王が座っている。アプローズはいつも通り薔薇王の後ろに立っていた。

人間のほうの衛兵や従者もいるけれど、普段薔薇城にいるトゲ兵や花々の妖精も、結界から出てきたらしく、ちらほら姿が見える。薔薇王が庇護《ひご》して、連れ出してきたのだろう。

「ただいま戻りました」

ノヴァリス、グランドが揃って片膝を突き、王たちの前で帰還の報告をする。ルキアも慌ててそれに倣《なら》った。次姉のヴィクトリアは、その隣で優雅に白いドレスの裾を摘まんで礼を取っている。

「そなたの案が上手くいったようだな」

「恐れ入ります……」

グランドが形だけ恐縮した返事をしたが、声は自信に溢れている。ルキアにとっても、薔薇王がグランドを評価し、労《ねぎら》ってくれたのがとても嬉しい。

「ノヴァリス、無事だったか」

「父上……」

ロディアの王は、玉座から立ち上がって下りてきていた。ノヴァリスは恐縮した様子で父親に近づき、そして一歩手前で深々と頭を下げた。

「申し訳ございませんでした」

周囲にも改めて謝罪する。

「私の浅慮で、国を危機に晒してしまいました。薔薇王にも、御助力を賜ったことに深くお礼を申し上げます」

グランドもロディア王も、取りなそうと口を開きかけた。けれどそれより早くノヴァリスが続ける。

「無様な姿を晒しましたが、私にもう一度チャンスをください」

「ノヴァリス……」

ノヴァリスは、これまで見たこともない、意志の強そうな表情をしている。

「世継ぎの座を、グランドに渡すつもりでした。捨て身でハスリーへ行ったはずなのに、私は、この国のことも、民の未来も、頭から捨て去ることができなかった」

ロディアをどんな国にしたいか、次期国王としてどんな政治を目指したいか、今まで自分の頭の中でだけ考えていたことを、今度はちゃんと実現に導きたいと言う。

「若輩者ゆえの無謀な部分もあると思います。けれど、ただ父上からお預かりしたというだけの政治をするのではなく、私自身の理想をもってこの国を成長させていきたいと思うのです」

ノヴァリスは、深く頭を下げた。

「どうぞ、これからもご指導ください」

一瞬の静寂に、ルキアはどうなってしまうのだろうと緊張したが、次の瞬間に父王は息子の肩をバンバン叩きながら豪快に笑った。

「つまり、執政の座は譲らんということじゃな」

ワシに隠居しておけということだろう……と笑うと、ノヴァリスが慌てる。

「そ、そうではありません父上、決してそんな意味ではなく……」

「よいよい……ワシはそもそももう前に出る気はない」

「父上……」

ロディアの王は、逞しい笑みを刷《は》く。

「お前の思う通りにやってみればいい。どうしても駄目だったら、ワシが今回のようにまた腰を上げればいいだけのことだ」

「……本当に、申し訳ございません」

「いい機会だったな……肝は冷やしたが」

ぽん、と頭を撫でられ、ノヴァリスは面映《おもは》ゆそうな顔をした。

グランドはそんな兄を誇らしげに見ている。隣にいるルキアまで、同じ気持ちになってしまうくらいだ。


——ノヴァリス、前とは違う顔だ……。

気品とやさしさは変わらない。けれどすっきりと気負いなく微笑んでいる今のほうが、ずっと魅力的で恰好いいと思う。

ノヴァリスが、グランドのほうを振り返った。

「グランドにも、また色々と相談させてくれ」

ひとりで改革できるほど、まだ力がない……と笑う。

「随分素直じゃないか」

「あれだけ恰好をつけておいて、のこのこ戻ってきたんだ……もう何も見栄は張れないよ」

ノヴァリスが苦笑している。けれど飾らず笑う顔に、グランドもロディア王も満足気だ。

「もちろんだ。いつでも領地から戻ってきてやる」

「そのことだが……」

割って入ったのは薔薇王だ。薔薇王が玉座の階段を下りてノヴァリスたちに近づき、アプローズもそれに従っている。

――父上……。

薔薇王はロディア王のほうを向いた。

「実はグランド王子を婿《むこ》にもらい受けることはできないかと思っていたのだ」

「薔薇王殿……」

何を言い出すのだろう……。ルキアがぽかんと成り行きを見つめていたら、何故か薔薇王はグランドに向かって問いかける。

「そなた、ルキアと情を交わしたな」

――ち、ち……父上――――ッ！

心臓が止まりそうだ。硬直するルキアをよそに、薔薇王は平然と言う。

「情を交わしでもせぬ限り、人間が妖精の世界に入れるはずがない」

身体が震えて父王を見られない。羞恥以上に、グランドも自分も、叱責されるのではないかと思うと恐ろしくて顔を上げることもできなかった。

けれど、グランドの手が背中を包む。そして躊躇《ちゅうちょ》のない声が響いた。

「その通りです。それは、私がルキアを心から愛したからです」

――グランド……。

そっと見上げると、グランドが真っすぐ顔を上げ、薔薇王を見て言う。

「ルキアにとって、禁忌《きんき》だったでしょうか」

「いや……」

薔薇王の声は穏やかだ。ルキアは背に当てられた腕の力を感じ、それを支えに顔を上げた。

「むしろ、そなたの愛情がルキアを支えたのだと思っている」

――……父上。

薔薇王は端正《たんせい》な眼差しをルキアに向ける。

「ルキアは薔薇王の座を継ぐ者として、申し分ない資質を持っている。だが、長らくその力を開花させることができなかった。そして、今もそのバランスは非常に不安定だ」

だから今後もルキアの力を支える存在が必要だ、と薔薇王は言う。

「花びらを支える愕のように、ルキアにはそなたが必要だと判断した。そなたが納得できるなら、こちらの世界に来てもらえぬかと思ってな」

薔薇王は人間の王に向き直る。

「戦に協力した恩を着せるつもりはないが、幸い貴国は第一王子が国を継がれるとお見受けした。いまひとりのご子息を我々にいただくことはできないだろうか……」

薔薇王の提案に、さすがのロディア王も絶句している。案ずるようにグランドとノヴァリスを交互に見やり、ううむ……と唸ったままだ。

「……し、しかし、その……人間と妖精というのは……添い遂《と》げられるものですかの」

「可能です。古より、妖精界と人間界で血が混じるという例はありましたから」

人間と妖精の世界は縁が深い……薔薇王はごく当たり前という顔をしてそう言い、ロディア王は動揺しながらも頷いている。

「確かに……人間のほうにもそういう伝説はありますな……ほとんどが、物語だと思われていますが」

本人たちがそれで幸せなのなら……と弱りながらもロディア王が承知しかけた時、アプローズの声が響いた。

「お願いがございます父上」

「アプローズ……」

凜と咲く大輪の薔薇のように、アプローズが鮮やかなドレスをひるがえして前に出る。

「ルキアに人間との婚姻をお許しになるのでしたら、私をノヴァリス王子に嫁がせてくださいませ」

「え……」

思わず声を上げたのはノヴァリスだ。アプローズは、呆気に取られた顔をしているノヴァリスのほうを振り向く。

「私が、貴方を必ず諸国一の王にしてみせます」

——姉上……。

アプローズはつかつかとノヴァリスの前に進み出た。

「嫌ですか……」

嫌なら……と言いかけるアプローズに、ノヴァリスは優雅に膝を突いて見上げる。

「とんでもない」

気品と強さに満ち溢れた笑みを浮かべてアプローズの手を取り、その白い甲に接吻けた。

「私は、きっとまだ貴女の理想からはほど遠いかと思います。けれど、必ず貴女にふさわしい男になってみせます」

「……っ……」

「どうか、私と結婚してください」

さあっとアプローズの頬が赤らむ。ルキアは目を丸くした。

――姉上……か、可愛い……。

こんな姉の姿をルキアは想像もしたことがなかった。アプローズの心は鋼鉄でできているのかと思っていたくらいなのだ。

「……き、期待しておきます」

照れまくる姉は、別人のようだ。ルキアは知らなかった一面を見て、人生で一番姉を身近に感じた。

――それに、姉上の香りが素敵だ……。

甘く、じいやが淹れてくれる優雅な紅茶のような香りが辺りに満ちる。アプローズに、こんなやわらかな香りがつくれるとは、考えたこともなかった。

薔薇王も、感心したような顔をしている。

「意外だったな……」

驚いた顔のままのロディア王に、まるで世間話の続きのように提案する。

「どうだろうロディア王、これならちょうど互いにひとりずつ、子を交換するようなものではないか」

「あ、いや……まあ……それは……そうですが」

すっと立ち上がったノヴァリスが、父親に微笑みかけた。

「先ほどの一件で、我が国の民も、ロディアを救ってくれたのが薔薇の妖精だというのはわかったでしょう。私たちの婚儀に反対することはないと思います」

「ノヴァリス……」

ノヴァリスは、アプローズの手を取ったままだ。幸せそうな顔をしている薔薇王の娘と、愛する者を得て逞しくなったノヴァリスを、王は呑まれたように見ていた。

「どうぞ、私たちの結婚をお許しください」

ロディアの王は長く大きな息を吐いた。そしてふいに苦笑し、力が抜けたように頭を掻く。

「……ワシがマリアを城に連れてきた時、きっと今のお前のような顔をしていたのだろうな」

「父上……」

ロディアの王が、ノヴァリスの隣に並んだアプローズに恭しく頭を下げた。

「よくぞ息子を見初《みそ》めてくださった……どうぞ、よろしくお願いします」

――姉上……とてもきれいだ………。

前から誰もが息を呑むほどの美しさだったが、今のアプローズの魅力は外見だけではなかった。ノヴァリスに寄り添うように立ち、その身体の内側から幸福感が輝き出している。まるで、太陽に愛されて開く大輪の薔薇そのものだ。

そしてふと薔薇王を見ると、百花の王はルキアを見ていた。

威厳があるのに少し面白がるような表情に、ルキアは何かを促されていることに気付いた。

――あ……ぼくも、自分で言わなきゃいけない……。

父はお膳立てをしてくれた。あとは自分でなんとかしなければいけない。

――それに、ぼくも姉上のように胸を張ってプロポーズしたい。

「グランド……」

好きだから、ずっと一緒に生きていきたいと思った相手だから、ちゃんと言いたい。ルキアはグランドの前に回って向き合った。

言う前から頬が熱くなる……でも言いたい。ルキアはきらきらの瞳でグランドを見つめた。

「必ず、幸せにします。だから……ぼっ、ぼくのお婿さんになってください」

――い、言えた……。

グランドが目を見開いて驚いている。そして笑ってくれて、ノヴァリスに負けないくらい優雅に跪き、手を取ってくれた。

「もちろんだ」

唇が甲に触れる。キスよりドキドキして、握られた手がきゅんとする。

そして、〝約定〟の意味をようやく理解した。

――誓願しないと、約束したことにならないんだ。

心から誓う。それが違《たが》えることのできない人間との約束になる。きっと自分は生涯この約束を守り、グランドを幸せにするだろうし、しなければならない。それが誓願なのだ。

「では、そなたには未来の薔薇王の夫として、爵位を授けることにする」

「陛下……」

「我が息子のよき伴侶として、支えてやってほしい」

「まさか、妖精と人間の婚儀が二組になるとはな……」

ロディア王は驚きすぎて、かえって順応できたらしい。さすがと言うべきなのか、すでにもう結婚後のことを心配している。

「しかし、ルキア殿も王子であるからには、世継ぎの問題が起こるのでは」

「心配は要りません」

薔薇王は即答だ。

「花は雌雄の別を持っているが、必ずしも受粉だけで繁殖するというものではない」

それに、と続ける。

「薔薇の一つひとつに妖精が宿るわけではないのです。妖精が宿るかどうかは愛にかかっている。もし、このふたりが真《しん》に愛を育むのなら、いつか蕾のどれかに新しい妖精が宿る」

——そうか……。

そういえば、自分も確かに薔薇に宿った。色恋沙汰に縁がなかったので、その先についてはほとんど調べたこともなかったけれど、性別は心配が要らなかったのだと、今頃知ってしまう。

——けっこう、悩んだのに……。

グランドと目を見合わせてちょっと肩をすくめた。グランドたちの父親はしかし興味津々らしい。

「確かに、花の中には雌雄が変わる種もあるし、走出枝《そうしゅつし》で増えるものもありますからな……人間とは

違って、色々な生まれ方があるんでしょうな……」

　状況によって雄花、雌花に変わるテンナンショウや、枝や根から増えるむかごのようなものを指しているらしい。さすが、農耕具の研究をしているだけのことはある。植物には詳しいようだ。

「私には妖精の世界のことはわかりません。しかし、心配が要らないのなら、このめでたい縁組はぜひとも結びたいものです」

「承諾してもらえるのなら大変ありがたい」

　薔薇王はさらに、積極的に人間と縁を結ぼうとしている理由を明かした。

「人間と約定を交わしたのはもうずっと昔のことになる。その頃は人間との交流も多々あったのだが、このところ、そうした関わりがめっきりなくなった」

　そしてその影響が出ていると言う。

「薔薇の精は私の娘たちと息子を除けば、脆《もろ》い力しか持たぬ精ばかりだ」

　その昔、薔薇王は百とも千とも数えた薔薇騎士団を従えていたのだ。

　しかし人間に護られた庭には、戦うべき敵がいなかった。そのせいもあってか、いつしか薔薇騎士団は姿を消し、薔薇の妖精は可憐な姿へと変貌した。そして、今は数そのものを減らしてしまっている。

「妖精たちが減ったのは、人間たちが庭を訪れぬようになってからだ」

　しかし、より美しく、もっと人間の心を惹きつけられるようにと咲き続けても、庭を訪れる者が増えることはなかった。

「待っているばかりでは駄目だろうという結論を出したのだ。我々も、積極的に人間の世界へ出ていかねばならぬ。その意味で、ルキアが結界を出てしまったのは、もしかするとよい機会になるかもしれないと思った」

賭《か》けのような気持ちで、帰れない息子を見守っていたと言う。どれもルキアにとっては初めて聞く話だ。

——父上は、そんなお考えだったんだ……。

姉たちは、薔薇の庭が弱っているのを〝人間たちの手入れがおろそかになったから〟だと思っていた。けれど、父は人間たちがこの庭に愛情を失っているからだと考えていたのだ。

この話に、ロディアの王のほうが唸ってしまう。

「……人間のほうの失策かもしれん」

不思議そうな顔をする薔薇王に、初老の王は申し訳なさそうに頭を下げた。

「いや、人間たちは薔薇の庭を大切にしている……しているつもりでした。だからこそ、この庭を王族以外出入りできないようにしていたのです」

昔は、誰もが自由に訪れることのできる庭だったと言う。

「数代前の王だったと思います。庭を大事にするあまり、人々がむやみに歩き回って根を傷《いた》めたり、勝手に花を摘んでしまったりするのを恐れて、あそこを禁制の庭にしたのですよ」

薔薇王も姉たちも驚いている。

「今は、特別な行事がある時にしか貴族たちも入れません。自由に出入りできるのは、庭師と王族だけです」

「そのようなことが……」

「私たちは、人間がこの庭に興味を失ったから、誰も来ないのかと思っておりました」

姉たちが口々に言う。ロディア王は平謝りだ。

「とんでもない。決してそのようなことではありません……」

薔薇王が、何故人々の訪れが必要なのかを、諭すように説明する。

「我々は、薔薇に宿る精だ。薔薇たちが愛されれば愛されるほど精気を蓄え、力を増す」

「薔薇王殿……」

「花の妖精は、花を愛する者がいなければ輝けぬのだ」

かいがいしく世話をされ、肥料を与えられても、花は型通りに咲くだけで、精気を蓄えることはできない。それがひいては国中の薔薇にも影響すると言われて、ロディアの王は、眉根を寄せてた。

「由々《ゆゆ》しきことだ。大事にしたつもりで、衰弱させていたとは……」

がしっと薔薇王の手を取り、詫《わ》びながら言う。

「申し訳なかった。ぜひ、この婚儀を機にもう一度あの庭を守るという約束を、果たさせていただきたい」

「心から歓迎する」

庭を開放しよう、とロディア王は前のめりになって言った。ついでに婚儀を薔薇の庭で執り行おうとか、離宮を解体して薔薇の庭を拡張しようとか、次々にプランを思いつく。

「さっそく協議をしましょう。盛大な婚儀を執り行わせていただきたい」

「その前に、まだ戦のあと始末が残っております」

「アプローズ殿……」

姉は浮かれているロディア王にかまわず、ノヴァリスに説明し始めている。

「グランド王子の案は、隣国の軍を撃退するだけで終わりではありません。何故なら、襲ってくる原因を解決しなければ、また別な形で攻め込もうとしてくるからです」

「確かにそうだと思います。けれど、原因はおそらく、不作による農民の困窮にあるかと……」

「承知しています……。それで、次の案があるのです。誰か、男爵をここへ」

かつてのルキアと変わらないくらい小さなトゲ兵が、敬礼をして走っていく。いくらもせずに男爵があらわれた。こちらも、人間に比べると手のひらサイズだ。

アプローズは、片膝を突いてかしこまった男爵に話しかける。

「貴方は悪地にも天候の厳しさにも強い。そこを見込んで頼みがあります」

隣国へ行ってくれないか。そしてハスリーの大地で繁殖してほしいと告げる。

「姫様にお助けいただいた命でございます。ご下命《かめい》とあらば、否《いな》やはありません」

男爵は、アプローズたちがルキアの報告を受けた直後に救援に向かった、王の畑のジャガイモだ。

彼は害虫から助けてもらった恩に報《むく》いる気でいる。

「幸い、彼《か》の地は広大だそうです。あちらなら遠慮なく根を伸ばせるでしょう。蓄えた養分を人間に分け与えてやれば、しかるべき時期に種芋を植え、畝を作り、仲間を存分に増やすことができます」

男爵は恭しく胸に手を当てた。

「有難き幸せでございます。必ずやその地に根を張り、見渡す限りのジャガイモ畑をご覧に入れてみせましょう」

「頼みましたよ」

ジャガイモは薔薇よりもずっと逞しい。彼らの繁殖は、きっと不作に喘ぐハスリーを助けてくれるだろう。困窮の原因が少しでも解決してくれれば、こちらを襲う動機が減る。

アプローズはノヴァリスと、どうやって今後、ハスリーの状況を把握するかを話し合っている。

「尻に敷かれそうだが、いいカップルになりそうだな」

「グランド……」

いつの間にか、隣でグランドが笑ってノヴァリスたちを眺めている。

「俺は、安心して薔薇城に行けそうだ」

チュっと頬にキスされて、ルキアは甘えて寄りかかった。

グランドのほうが妖精の世界に来てくれるとは思ってもみなかった。

「ありがとうね」

その代わりうんと大事にするから、と小さく言うと、耳をくすぐるような囁きが返される。

「お安い御用だ」

城はふんわりと甘い香りに包まれた。

◆◆◆

それから半月を経て、薔薇の庭では二組の結婚式が執り行われることになった。式にたくさんの人々が参列できるように、妖精のほうが百花を引き連れて人間の世界に出てきている。もちろん、全て薔薇王の庇護のもとだ。

「すごいね。こんなにいっぱい人間が庭に来たの、ぼく初めて見た」

ルキアは先に庭に出ていったノヴァリスたちを、控えの部屋から見ていた。自分たちの部屋ではなく、庭に向いた一階の部屋で、支度を整えてもらっている。

「全貴族とその家族が集合してるからな」

「そうなんだ……」

薔薇の庭で公開される結婚式をひと目見ようと、貴族だけでなく、多くの民衆が城の周りに集まっているのだと言う。城側の敷地にずらりと並んだ楽隊が音を奏で、遠くまで人のざわめきが途切れない。ウキウキした気分が空まで響くようだ。

「あ、姉上たちが出てきた」

薔薇のアーチをくぐっていく姿が見える。

「きれい……」

正装しているノヴァリスの隣に、長いトレーンを引いた深紅のドレス姿のアプローズがいる。この日のために作られたウエディングドレスは、鮮やかな赤から深い赤までのグラデーションを何枚もの薄布で作りだしたもので、惚れ惚れとするような美しさだ。

「お前も、ドレスを着たかったんじゃないか？」

真っ白な正装が眩しいグランドが、隣でからかう。ルキアはそれに甘い笑みを返した。

「ううん。グランドが作ってくれた服が、一番着たかったよ」

くるりと回って見せると、グランドは満足そうに目を細めた。

「とっても素敵！」

「ああ、可愛い」

ルキアの正装は、薔薇で染めたやわらかなピンク色だ。

ジャケットの前身ごろは短く、そして後ろは裏布に花びらのようなフリルがついていて、膝丈まで広がっている。正装としても通用する品のよいデザインを、グランドが用意してくれた。

「お前たちも、そろそろ出る頃じゃ。支度はできとるか？」

「あ、王様」

グランドの父が、楽しそうな顔で様子を見に来てくれる。この結婚式を見届けたら、グランドの代わりに、城から一番遠い領地に行ってくれるのだ。

「すみません。ぼくたちのために遠出をさせてしまって」

グランドは妖精界でも爵位を受けてしまったから、現在は両方の世界を行き来している。そのグランドの領地をサポートしてくれることになった王は、目元を和ませた。

「なに、理由ができてちょうどよかったんじゃ。新婚の息子のところに、親なんか居るもんじゃない」

片目を瞑って笑ったあと、王は真剣な顔になった。

「それにな、領地へ行けるのは、ワシにとってはありがたいことだ」

王は、あとからアプローズに、ジャガイモを襲っていたのが〝ジャガイモセンチュウ〟だったことを教えてもらったのだそうだ。

「根に寄生して瘤《こぶ》を作る線虫だ。連作を避けておれば、あんな害虫はつかなかった……」

農夫たちだったら、必ず休耕させていただろうと、後悔を滲ませて言う。

「あの畑は、農耕具の実験用に作っていたからな……正直、食べることは真剣に考えていなかった」

薔薇の世話をしている庭師たちも、園芸の品種ではないジャガイモの危機が何故起きたのかわからず、農夫に聞いて初めて理由がわかったのだと言う。

「……つまり、ワシの研究も恰好だけだったということだ。本気で農業に向き合うなら、机上の理論では通用せん。領地で、農民に教えを乞おうと思ってな」

「王様……」

王は意欲に満ちて瞳を輝かせた。

「農耕具の使い心地も、試してもらおうと思っとるんじゃ」

楽しみでならない……と王は楽しそうだ。

ノヴァリスも、船を使った遠い国々への貿易に着手し始めていた。アプローズは、物怖じせずに鋭い視点で意見を言う。そんなアプローズはノヴァリスにとって、なんでも相談できる心強い味方のようだ。激論を交わしながら考えをまとめ、見違えるように生き生きと会議に出ている。

「みんな……すごいなあ……」

自分はと言えば、無事に大人に成れたとはいえまだまだ半人前なので、薔薇王からは〝もう少し人間界で修行してこい〟と言われている。

——確かに、父上がいらっしゃるのだから、ぼくがいなくても問題ないんだけど……。

薔薇王の座を継ぐのは、ずっと先のことだ。けれど、ノヴァリスたちが活躍しているのを見ると、後《おく》れを取っているような気がしてしまう。

「ぼくも……頑張らなくちゃ」

「焦るなよ」

「グランド……」

ぽん、と肩を叩いてから抱き寄せ、グランドが笑い飛ばしてくれる。

「大丈夫だ。〝宿題〟は俺と一緒にやれって言われただろう？」

まずは、薔薇王の名代として城の外の薔薇たちを、見回りに行ってこいと言われている。

グランドは楽しみだな、と頬を寄せた。

「俺が、国中を案内してやるから」

すり……とくっつけられた頬に胸がきゅんとする。たったそれだけで、安心感が胸に広がっていくのだ。

一緒に色んな薔薇に会いに行こうと、まるで冒険に出るように言われて、急にワクワクしてきた。

儀典用の制服を着た衛兵が、かしこまって扉を開ける。

「ルキア殿下、グランド殿下、御時間でございます。どうぞお出ましください」

ガラスの扉が開かれると、歓声とともに満開の薔薇の香りと風が心地よく吹き込んできた。グランドがルキアに手を差し伸べる。

「さあ、出番だ」

「うん！」

眩しいほどの青空のもと、ふたりは手を取り合って駆けだした。

あとがき

お読みいただいて、ありがとうございました。

今回はサマミヤアカザ先生に、すごく可愛いルキアを描いていただきました。先生、本当にありがとうございます（拝）。お洋服もとてもステキでウキウキしました。ありがたやです。

今回は、「小さきものを愛でたい」という萌えがベースでございます。

もともと、すごく大きなものとすごく小さなものが好きなのです。タイトルを覚えていないんですが、昔、男子向けの漫画で〝携帯電話が小さな女の子型〟という設定の話がありまして…。今で言えば「ロボ●ン」が近いですかね。電話がかかってくると、手のひらサイズの女の子が耳元で「お電話です」って言ってくれるのです（笑）。そういう子をポケットに入れて歩いたら、さぞや楽しいだろうと、その頃は実現化を待ち望んでおりました。いや、ロボホンも可愛いんですが、いかんせん重いのですよね（涙）。

本編の話そっちのけですみません（汗）。ルキアが薔薇王になった場合、夫であるグランドの敬称は「王配」です。ちょっとにやにやしてしまいます。この敬称には憧れがあります。やわらかく優しい王と、それを支える気品ある王配、そして薔薇騎士団を従えて、薔薇の世界を統べるわけです。

植物の世界は奥深くて面白いです。あ、でも既刊『花《はな》の名《な》を持《も》つ君《きみ》と恋《こい》をする』の世界観とは全く別ものです。あちらは「植物細胞と動物細胞って、細胞壁以外は構造一緒だよね（葉緑体は無視）」というコンセプトでできております。ご興味がある方はぜひあちらも読んでみていただけると嬉しいです。同人誌で続編も出してます。同人誌は電子版も出てます（宣伝！）

そして今回も、担当様には本当にお世話になりました。そしてありがとうございました（大ぺこり）。毎回、手を焼かせてすみません。

ご感想など、ぜひお聞かせ頂けたら嬉しいです。

深月《みつき》拝

この本を読んでの
ご意見・ご感想を
お寄せ下さい。

〒151-0051
東京都渋谷区千駄ヶ谷4-9-7
(株)幻冬舎コミックス　リンクス編集部
「深《み》月《つき》ハルカ先生」係／「サマミヤアカザ先生」係

リンクス ロマンス

花の妖精、恋と祝歌の鐘が鳴る

2021年8月31日　第1刷発行

著者……………深《み》月《つき》ハルカ
発行人…………石原正康
発行元…………株式会社　幻冬舎コミックス
〒151-0051　東京都渋谷区千駄ヶ谷4-9-7
TEL 03-5411-6431（編集）
発売元…………株式会社　幻冬舎
〒151-0051　東京都渋谷区千駄ヶ谷4-9-7
TEL 03-5411-6222（営業）
振替00120-8-767643
印刷・製本所…株式会社　光邦
検印廃止

ISBN978-4-344-84919-8 C0293
Printed in Japan

幻冬舎コミックスホームページ　https://www.gentosha-comics.net